Rencontre d'un deuxième type

Roman

Sois le changement que tu veux voir dans le monde
Gandhi

À tous ceux que j'aime, même si je ne les ai vus qu'une fois.
À tous ceux qui s'aiment, même si je ne les connais pas.

Chapitre 1

Il est midi pile quand un hurlement aussi sauvage que bruyant, fait trembler les murs de la très parisienne Clinique *New York*.
Il est midi passé de cinq minutes quand la terre se retrouve peuplée d'un nouvel individu.

- C'est un garçon, dit le médecin en tenant dans ses bras cette petite chose de 3,567 kg.
- Qu'il est beau ! s'exclame son père, pas vraiment convaincu de la beauté de l'enfant, mais surtout très ému d'être à nouveau papa.
La maman ne sachant plus vraiment où elle se trouve, ni ce qui lui arrive, murmure dans un semblant d'esperanto :
- Oh yé un petit garçon.

Aurélien Marchand est né.

Nous sommes un 29 février 1972.

La mère de l'enfant vient à peine de retrouver ses facultés linguistiques, que c'est déjà le défilé au chevet du nouveau-né.
Quelques minutes seulement après avoir vu le jour pour la première fois, le petit Aurélien fait la connaissance de ses grand-mères (paternelles et maternelles), son grand-père (paternel), quatre oncles, cinq tantes, six cousins et sa jolie grande sœur Margot.

Bienvenue dans la famille Marchand : le poids du nom, le choc des générations.

La réceptionniste de la clinique, les yeux rivés sur un passionnant jeu du solitaire, est tout à coup devenue devin :
— Le petit Marchand se trouve dans la chambre 371 au troisième étage, dit-elle à chaque personne faisant irruption dans le hall d'entrée. Et elle ne se trompe jamais, à croire qu'Aurélien est le seul à être né aujourd'hui à Paris !

En quelques heures, la chambre de ce nouveau venu sur la planète bleue, ressemble déjà à un magasin Interflora. Il n'y a d'ailleurs même plus la place d'y déposer un bonsaï !

L'enfant sera aimé, gâté et entouré, cela ne fait aucun doute.
Aurélien fait partie de ces personnes que l'on peut classer dans la catégorie « bien née ». Que cela signifie-t-il ? En un terme sportif un bon mètre d'avance au départ d'une course. Mais cela ne garantit pas toujours d'arriver le premier…

Après ces quelques jours « *New-Yorkais* », pour s'assurer que la maman et le bébé se portent bien selon la formule consacrée, c'est l'arrivée d'Aurélien dans sa nouvelle maison : un spacieux appartement de la rue Jouffroy d'Abbans, Paris 17ème. L'enfant, l'âme innocente et les yeux grands ouverts, découvre avec émerveillement son nouveau cadre de vie : un berceau en fer forgé classé patrimoine familial, une chambre individuelle tapissée façon Disney, un fascinant mobile où de petits anges ne cessent de se balancer comme s'ils dansaient.

Les parents d'Aurélien, eux aussi, sont aux anges. Quelle joie de voir s'agrandir la famille. Ils observent avec minutie leur progéniture perplexe devant tant de nouvelles choses à découvrir.

Tout se passant pour le mieux et dans le meilleur des mondes durant les premières années de son existence, retrouvons le petit Marchand à un âge plus intéressant : cinq ans.

Aurélien, bien que né dans la grisaille parisienne, est un enfant « lagon bleu » avec ses yeux bleus perçants et ses cheveux blonds en forme de boucles d'or. C'est aussi un véritable playboy des bacs à sable. Il se fiche bien de jouer avec Pierre ou Paul, c'est plutôt Thelma et Louise qui l'intéressent.

Aurélien a bon caractère, à cinq ans. Il aime rire, jouer et ne supporte pas la solitude. C'est d'ailleurs ce dernier point qui énerve le plus ses parents. Depuis cinq ans, ils n'ont plus un moment de tranquillité. Finies les grasses matinées, les samedis passés devant la télé ou bien les lectures prolongées dans le salon. Aurélien est toujours là pour leur rappeler qu'ils ont un fils. Il en abuse souvent d'ailleurs, car bien que facile à vivre, Aurélien a une petite tendance à l'égocentrisme. Mais à cinq ans, on est forcément égoïste.

Pour Margot, sa grande sœur, c'était une tout autre histoire. Elle a toujours été sage et indépendante, un véritable rêve de parents. Au niveau du caractère, les deux enfants Marchand sont au Nord et au Sud, bien qu'ils aient en commun ce physique plus qu'avantageux.

Pour les beaux yeux d'Aurélien, ses parents n'ont pas de limites et cèdent à tous ses caprices. Sa sœur n'en est pas jalouse, elle a trop attendu pour avoir enfin un frère : La jolie Margot a bien failli être fille unique à jamais….ayant huit années de plus qu'Aurélien.

Ces parents, au fait qui sont-ils ? Monsieur Marchand est un brillant diplômé d'HEC, Directeur Général d'un groupe de presse spécialisé dans les sports mécaniques, comptant diverses revues aux titres évocateurs tels que : "Ta meule magasine", "David & Bécane", "Chooper c'est extra".

Madame Marchand est mère au foyer. Entre Margot puis maintenant Aurélien, elle a du pain sur la planche à repasser pour s'occuper de la petite famille.

Il existe chez les Marchand une délicieuse harmonie familiale. Jamais un mot au-dessus de l'autre et toujours beaucoup, beaucoup d'amour. L'exemple en est d'ailleurs donné par les parents. Ils s'aiment comme au premier jour de leur rencontre, sur cette plage de Gigaro dans le Sud de la France.

Ce jour là, Monsieur Marchand eut un véritable coup de foudre visuel face à Madame, et lui fit en ces termes une approche bien romantique :

— On se connaît ? demanda le futur père d'Aurélien, avec dix ans de moins.

— Je ne crois pas, répondit la jeune fille encore loin d'être mère de famille.

— Mais oui bien sûr on s'est vu l'année dernière à Carnac en Bretagne, je m'en souviens parfaitement.

— Vous devez faire erreur très cher, vous vous trompez de personne.

— C'est pas vrai ! Ce n'était pas vous cette charmante jeune fille sur le catamaran ?

— Non ce n'était pas moi, désolée.

— Ha bon, alors ça ne devait pas être moi non plus.

Cette dernière phrase soigneusement préparée par Monsieur Marchand des heures entières face à son miroir, doit en principe déclencher le fou rire de sa cible féminine, ou susciter son interrogation : il y a en tout cas un effet recherché.

Pour Madame, plutôt bon public, ce fut l'éclat de rire.

Dans la poche, Marchand avait fait le plus dur, il ne lui restait plus qu'à aplatir l'essai, ce qui signifie en 1960, l'année de leur rencontre, la demande en mariage juste après le premier baiser échangé. Le tout quelques jours seulement après s'être rencontrés.

En ce temps-là, les choses allaient si vite...

La jolie Margot et le mignon Aurélien ont de qui tenir, leurs parents ont fière allure.

Lui, sportif, 1 mètre 85 pour 75 kilos, regard bleu et visage d'enfant malgré ses tempes blanches.

Madame est plutôt menue, brunette, petites fossettes, yeux verts et léger strabisme qui en font tout son charme.

C'est un beau couple.

Comment vit Aurélien à cinq ans ?

Il sait déjà skier, nager et ses petites amies se comptent sur les doigts de trois mains. Entre le bac à sable du parc Monceau et le manège de la place Pereire, pas de temps mort, ses journées sont bien chargées. Aurélien du haut de ses cinq ans a donc tout pour être heureux et son avenir se présente sous les meilleurs auspices.

* * *

Madrid, 29 février 1972, 12 heures 15, clinique Saigon.

Arrêtons-nous quelques instants sur cette date. N'est-ce pas exceptionnel que de naître une année bissextile, et un 29 février ? C'est comme diviser son âge par quatre. Le point négatif, c'est justement de ne fêter son anniversaire, en principe qu'une année sur quatre.

Ce sera presque le cas de Mario Santiago, ce petit garçon qui vient de voir le jour pour la première fois, entouré de sa maman, puis…de sa maman. Pas de papa aux alentours, ni de grande sœur, ni de tante. Seul un cousin éloigné viendra rendre visite à Madame Santiago, deux jours après la naissance de son fils, puisqu'il passait par là.

Il n'y aura pas plus de Monsieur Santiago, que de papa de Mario. Madame Santiago a fait une erreur de jeunesse il y a neuf mois. Elle n'a jamais revu son erreur et a donc fait un bébé toute seule, comme une grande, du haut de ses dix-huit ans…

Le Madrid de 1972 est bien éloigné du Madrid d'aujourd'hui et encore bien d'avantage du Paris de 1972. Nous sommes en pleine dictature franquiste, même si le « Generalissimo » pense déjà à sa succession en se faisant construire un tombeau aussi majestueux qu'indécent.

En ce temps-là, l'Espagne est presque un pays du tiers-monde et la famille de Mario est pauvre. Si l'on additionne les deux, nous sommes aux antipodes du luxueux appartement de la rue Jouffroy.

Qu'importe, une mère attentionnée en vaut deux, et le petit Mario recevra toujours beaucoup d'amour.

Madame Santiago a le caractère fort des Latins. Sa chevelure abondante, lisse et noire, lui donne des airs de gitane andalouse. Elle n'a manqué de rien dans son enfance puisque son père, colonel à Malaga, faisait figure de notable. Précoce fille rebelle, ne supportant ni l'autorité militaire de son père, ni l'intolérance de sa mère, elle part tenter sa chance dans la capitale madrilène. Elle découvrira la vie à dix-sept ans ce qui l'éloignera à tout jamais de ses parents, des catholiques chevronnés qui ne lui pardonneront jamais son écart. Mais, à cette époque, c'est toute l'Espagne qui est conservatrice !

La naissance de Mario changera la destinée de Madame Santiago et elle ne vivra plus que pour son fils. Elle n'aura d'ailleurs jamais d'autre homme dans sa vie.

À cinq ans, Mario impressionne. Le cheveu noir comme sa mère, la peau presque ridée, les yeux sombres et le regard obscur, son visage parle pour lui : il n'a même pas six ans qu'il en parait six de plus. Ironie du sort pour quelqu'un né un 29 février et qui ne fête son anniversaire en principe que tous les quatre ans !

Mario porte dans son regard, les efforts faits par sa mère pour l'élever. Il pense déjà à cinq ans qu'il fera tout dans sa vie, pour lui rendre ce qu'elle lui a donné.

Madame Santiago et son fils vivent dans un modeste appartement au cinquième étage du numéro 20 de la rue Arenal, en plein centre de Madrid. Même en 1972 et sous le joug d'une dictature, les Espagnols font la fête et passent la nuit dans la rue. Imaginez donc le 20 de la rue Arenal les vendredis et samedis soir : c'est comme avoir un orchestre du 14 juillet en plein milieu de son salon. Au moins cela met de l'ambiance et en l'absence de télévision, pas besoin non plus d'avoir une chaîne stéréo !

C'est aussi pour cela que Mario, même à cinq ans, est déjà noctambule. Impossible de lui faire fermer l'œil avant minuit. Sur le balcon de la rue Arenal, Mario passe des heures à observer. Il se raconte des histoires et imagine des dialogues. Ces personnes qui déambulent comme des ombres chinoises vues du cinquième étage, sont ses playmobil. Les voitures qui défilent, ses majorettes. La rue, son terrain de jeu. Le balcon son observatoire.

Mario est heureux puisqu'il se raconte des histoires.

Pour l'été de ses six ans, Madame Santiago et son fils partent en vacances pour la première fois. Le lieu choisi est humble : la Pedriza, une montagne bordée d'une petite rivière, située à une quarantaine de kilomètres au nord de Madrid.

C'est néanmoins un petit coin de paradis pour eux comme pour beaucoup de Madrilènes, à cette époque-là. Mario découvre la vie sauvage, apprend à nager et fait ses premières escalades. La tente bleue qui abrite cette mère et son fils devient leur nouvelle maison du bonheur. Enfin un peu de tranquillité après le Capharnaüm de la rue Arenal.

Tout va bien jusqu'au dernier jour de vacances.

Une imprudence de Madame Santiago, partie quelques instants chercher de l'eau au bord de la rivière, et l'accident arrive.

Mario prend le camping-gaz pour un inoffensif chandelier et le soulève des deux mains. Ses doigts prennent feu, l'enfant hurle et, quand madame Santiago arrive, il est déjà trop tard.

Jetant le contenu du seau d'eau sur les mains brûlées de son chérubin, elle alerte aussitôt tout le camping à son secours.

La tente bleue se transforme en hôpital de campagne.

Les voisins en short accourent au plus vite, la solidarité des vacanciers est impressionnante.

— On demande un docteur, il faut faire vite !

Le petit Mario est courageux, de longues larmes coulent le long de ses joues, mais il souffre en silence.

Madame Santiago n'a pas résisté longtemps à la vue des mains carbonisées de son enfant. Elle perd connaissance et il faudra un autre seau d'eau pour la réanimer.

Au moins son voyage à la rivière aura servi à quelque chose.

Ses esprits à peine retrouvés, la maman de Mario se lance aussitôt dans une répétition de « je vous salue Marie ».

Cela faisait si longtemps qu'elle n'avait plus prié, qu'elle en aurait presque oublié sa stricte éducation religieuse inculquée en vain par ses parents. Madame Santiago se lance dans des promesses si Dieu parvient à guérir son fils.

Il fait trente-trois degrés ce jour-là dans la Pedriza et Mario est brûlé au troisième degré, tel est le diagnostic du premier médecin arrivant sur les lieux, une heure après l'accident. Mais le gros pansement appliqué par le toubib ne suffit pas : il faut trouver au plus vite un moyen de transport pour emmener cet enfant à l'hôpital. Un notable Madrilène venu passer la journée avec sa maîtresse offre sa voiture comme ambulance de fortune. C'est ainsi que les Santiago mère et fils, qui ne connaissaient que le bus comme moyen de transport, font leur baptême de la route à bord d'une luxueuse Mercedes, flambante neuve.

À peine arrivé aux urgences de l'hôpital « Primo de Rivera », l'enfant est tout de suite pris en charge, ce genre d'incident n'étant pas inhabituel, surtout été. On commence par lui appliquer de l'eau glaciale sur ses mains, afin d'éviter que la brûlure ne se propage (les brûlures se répandent si la température ne redescend pas en dessous des quarante-cinq degrés, c'est ce que Madame Santiago apprendra de la bouche de l'interne de garde). Puis on applique sur la blessure une crème aux vertus cicatrisantes à base de cette plante miraculeuse que l'on appelle Aloé Véra.

Mario réagit bien, le regard attendri de sa mère lui donne la force de surmonter ses douleurs. Pour rien au monde, il ne voudrait lui causer plus de soucis.

Le notable Madrilène à la belle Mercedes (c'est aussi le prénom de sa maîtresse) ne s'est pas seulement contenté de son rôle de taxi. Il est resté présent et a fait jouer de son statut pour que l'on prenne bien soin du petit Mario.

C'est ainsi qu'au « votre fils est sorti d'affaire » lancé par une infirmière, il répondra « ce n'est pas mon fils, mais aujourd'hui je ne me suis jamais autant senti père ».

Les Santiago, quelques heures plus tard, peuvent quitter l'hôpital rassurés, puis retourner vers leur tente bleue, jadis petit coin de paradis, mais aujourd'hui théâtre d'une tragédie.

Mario gardera toute sa vie les traces de ses brûlures, mais l'usage de ses mains n'en sera jamais affecté.

Depuis l'été des cinq ans de son fils, Madame Santiago a commencé à croire en Dieu. Une fois revenue à Madrid, elle a fait le premier pas pour revoir ses parents. La rebelle fille-mère qu'elle était, s'est assagie. Ce fut probablement l'une des promesses qu'elle fit en récitant son chapelet.

Et tout cela à cause et grâce à un camping-gaz.

Chapitre 2

Dix ans plus tard…

Nous sommes en pleines années 80, que l'on a souvent appelées en France « années Mitterrand ». Paradoxe du socialisme, les Français n'ont jamais été aussi riches, ni autant dépensé qu'en ces années-là !

La famille Marchand nage dans l'euphorie. Margot vient de rentrer à HEC comme son père il y a de cela quelques années.

Belle, intelligente et sympathique elle a tout pour devenir la reine de la cafétéria, mais son cœur reste à prendre. Toujours pas un copain à l'horizon, ce qui inquiète d'ailleurs ses parents.

« Trop belle pour toi » est la phrase résumant l'origine de ses échecs sentimentaux. Aucun garçon ne pense avoir sa chance avec la jolie Margot, si ce n'est sur un malentendu.

C'est alors qu'arrive un certain Alexis, lui aussi élève d'HEC. Ce Marseillais de vingt ans, plutôt beau gosse, dispose d'une véritable stratégie avec les filles. Il part de l'hypothèse suivante :

« Chaque beauté a toujours comme meilleure amie une fille beaucoup moins belle, pour ne pas dire pas avantagée pour son physique.»

Pour quelles raisons ? Il y en a des tonnes, mais ceci intéresse beaucoup moins Alexis.

Partant de ladite hypothèse, Alexis raisonne de la façon suivante :

« Si je me fais copain d'une fille pas très belle, un jour, elle va certainement me présenter sa meilleure amie….qui sera forcement un canon de beauté et qui tombera amoureuse de moi, attendrie par le fait qu'un beau garçon comme moi, puisse être ami avec une fille pas très belle. » Vous me suivez ? Quelle stratégie !

Mais ce qu'Alexis n'a pas prévu, c'est que la copine pas belle en question, puisse aussi tomber amoureuse de lui et détruire l'amitié entre la belle et sa copine moins belle.
Tout se passera comme prévu…

Alexis, dès les premiers jours de la rentrée se fait l'ami de Florence, une Toulousaine très sympathique mais pas très avantagée par son physique.
Florence est dans la même classe que Margot et très rapidement elles deviennent les meilleures amies du monde.
Flo tombe peu à peu amoureuse d'Alexis et elle en fait part à sa nouvelle copine Margot.
Un samedi soir, Flo se décide à présenter Alexis à Margot afin d'avoir son avis en tant que copine. Cependant le cassoulet mangé en famille le même samedi midi a raison de l'estomac de Florence. Elle s'excusera samedi soir, laissant à Alexis et Margot le soin de se présenter tous seuls.
Ils le feront tellement bien que la soirée finira par un baiser langoureux.

Épilogue de la petite histoire :
Flo, tout juste guérie de ses douleurs d'estomac rechute, mais pour des problèmes de cœur cette fois-ci : elle vient de perdre en un seul coup sa meilleure amie et un ami qu'elle aurait bien aimé voir devenir petit ami.
Alexis et Margot filent le parfait amour.

La théorie d'Alexis fonctionne, mais attention aux dégâts occasionnés…

Dans les années 80, une chanson des Rita Mitsouko faisait un tabac en France. Son refrain était : « *Les histoires d'amour finissent mal, en général, en général…* ».

Que devient Aurélien dans tout cela ?
Il coule des jours paisibles d'adolescent Parisien. Il se passionne pour le roller et passe son week-end au Trocadéro. Il est fou d'animaux et sa chambre est une réplique miniature du zoo de Vincennes. Il a les cheveux longs, un bandana bleu assorti à ses yeux et un serre-poignée aux couleurs du Cameroun, façon Yannick Noah. Il possède une bonne dizaine de jeans 501 délavés et presque tous de la même couleur. Il est à la mode. À treize ans, il a déjà une petite copine, la charmante Stéphanie, celle qui fait craquer tout le lycée. Mais Aurélien est un grand timide, voire un maladroit et il ne l'a pas encore embrassée depuis les trois mois passés officiellement « ensemble ». Il subit donc une énorme pression de la part de ses copains, qui ne comprennent pas cette timidité. Mais ce qu'Aurélien ne sait pas, c'est que ces mêmes copains, eux non plus n'ont jamais embrassé une fille. À treize ans, on se raconte tellement d'histoires.

Le printemps approche et François, le meilleur ami d'Aurélien, organise dans son salon le temps d'une après-midi une surprise party, qu'on appelle aussi « Boum ». Aurélien s'improvise Disc Jockey, convaincu que c'est derrière les platines qu'il parviendra à échapper à l'inéluctable : poser ses lèvres sur celles de la jolie Stéphanie. Mais la pression devient insoutenable et les amies de la jeune fille s'en mêlent.
— Aurélien, je peux te parler deux minutes ? dit Carole, la meilleure copine de Stéph.

— Laisse-moi mettre un nouveau disque et je suis à toi, répond le blondinet.

Aurélien dépose alors le 45 tours vinyle de Falco « Der Kommissar », autre grand succès des années 80, et fait comme si de rien n'était, tandis que Carole s'impatiente, les oreilles à vingt centimètres des enceintes de la sono.

— T'es vraiment nul ! Stéph craque pour toi, mais elle a vraiment l'impression que tu l'ignores aujourd'hui, lance Carole un peu énervée.

— Qu'est-ce que tu racontes ? Je vais la faire danser tout à l'heure, mais pour l'instant j'essaye de chauffer l'ambiance c'est tout, répond l'adolescent.

— Quelle excuse le coup de l'ambiance ! Ne sois pas lâche Aurélien, sinon j'en connais une qui va se lasser.

— Donne-moi quelques minutes de plus.

— Ce n'est pas quelques minutes mais bien un conseil que je vais te donner : prends-toi un grand verre de Malibu, invite Stéphanie à danser, prends-lui la main et emmène-la dans le garage pour l'embrasser, elle en meurt d'envie ! crie Carole rendu sourde à cause de la proximité des enceintes.

Mais les efforts de la copine ne seront pas vains. Aurélien, prenant son courage à deux mains, fait signe à Jean-Michel de le remplacer aux platines et d'envoyer la série sentimentale, les fameux slows, que tous les invités attendent avec impatience.

Le jeune homme bien déterminé se dirige droit vers la table du salon. Là, il s'enfile coup sur coup deux Malibu orange bien tassés.

Et c'est justement avec la musique de *La Boum*, le film, que Jean-Michel enchaîne.

Stéphanie cherche du regard son blondinet comme pour lui donner une dernière chance, vraiment déçue du manque d'attention dont il lui a fait part depuis le début de l'après-midi. Elle ne le trouve pas.

C'est alors que des mains moites et transpirantes, viennent bander les yeux de la jeune fille. En se retournant et en apercevant son Aurélien, un grand sourire éclaire le visage de Stéphanie.

L'adolescent emmène sa douce sur la piste de danse. Ce slow paraît une éternité pour le jeune couple. Le parisien a le cœur qui bat à cent à l'heure. Il se dit cependant qu'il a bien fait de piquer le parfum de son père et de s'en badigeonner avant de venir à la boum, car il n'en peut plus de transpiration et sa chemise prend des allures de maillot de bain. Il devine aussi que tous les participants à la petite fête ont le regard braqué sur le couple étoile du lycée.

Aurélien sait ce qu'il doit faire, il a imaginé cette scène des milliers de fois.

Le slow touche à sa fin et les autres couples s'arrêtent de danser pour observer ce que vont faire les deux amoureux.

Le jeune homme n'a plus le choix, s'il veut garder sa réputation au lycée.

— Quelle pression, quelle horreur mais ce que je vis c'est un cauchemar ! pense Aurélien toujours enlacé à son amour platonique.

— Mais qu'est-ce qu'il fait ? Il est vraiment nul ce mec ! Songe à son tour Stéphanie.

— Je devrais pourtant être heureux puisque que j'en ai tant rêvé, mais en ce moment, moi, j'aimerais être n'importe où, sauf ici !

— S'il ne m'embrasse pas aujourd'hui, il ne m'embrassera jamais, je lui donne sa dernière chance.

— J'aurai du me prendre un troisième Malibu, pour la route.

— Prends-toi un Malibu, fais quelque chose, quoi ! Continue toujours en pensée, la jeune fille.

— Courage garçon : vas-y, pensa Aurélien au moment même où il saisit la main de sa promise pour l'emmener dans le garage de la maison de François et lui offrir le plus tendre, le plus innocent et le plus espéré des baisers.

Dans le salon, le temps s'est arrêté, les convives en ont la respiration coupée.
Il l'a fait.
La musique, semble elle aussi avoir suivi le dénouement heureux de l'événement de la journée. Les enceintes de la chaîne de stéréo en tremblent encore.
Stéphanie et Aurélien peuvent remonter triomphants quelques minutes après. C'est le plus beau jour de leur vie : ils se sont embrassés pour la première fois.

Toujours aux platines, le DJ Jean-Michel enchaîne avec « la danse des canards » pour détendre l'atmosphère.

À quelques milliers de kilomètres de là, Madrid est en pleine *Movida*.

Cette période des années 80, née de la frustration des Espagnols de n'avoir pu s'exprimer librement pendant les dures années de dictature, a vu l'éclosion d'artistes en tout genre comme le cinéaste Pedro Almodóvar, l'actrice Victoria Abril ou le groupe de rock Mecano.

La Movida est un peu pour Madrid ce que fut Mai 68 pour Paris : une période charnière qui marque un avant et un après.

Mais *movida* en espagnol, cela veut aussi dire « agitation » et pas seulement en des termes positifs. Notre Mario Santiago mène donc une adolescence agitée en pleine *Movida* madrilène.

Ses fréquentations ne sont pas du meilleur goût.

Il se passionne d'amitié pour un certain Juan, véritable enfant de la rue livré à lui-même depuis sa plus jeune enfance.

Mario à quatorze ans, est un garçon loyal, honnête et droit, de solides valeurs inculquées par sa mère, fruit de nombreux sacrifices.

Avec Juan, le jeune Santiago va apprendre à voler, mentir et escroquer.

C'est le charisme de Juan qui fascine Mario. Ce gavroche madrilène, longiligne à l'allure dégingandée, est un intrépide téméraire. Rien ni personne ne lui fait peur.

C'est un surhomme aux yeux de Mario.

L'horloge de la mythique, *Puerta del Sol*, affiche quatre heures en cette après-midi. Mario et son âme damnée se livrent à leur jeu favori : observer les touristes pour mieux les dérober.

Comment reconnaître un touriste ? Rien de plus facile, c'est celui qui avance le plus lentement dans la rue. C'est aussi celui qui porte un short, même en hiver, et des lunettes de soleil, même quand il pleut. Rajouter à cela *Le petit routard* dans ses mains et vous avez sa nationalité : Franchouillard.

Voici donc nos deux complices observant ce Français qui tourne autour de lui, telle une toupie, admirant l'architecture des édifices de la « Porte du Soleil ».

Il doit probablement voyager seul, c'est une proie idéale, songe Juan en connaisseur.

Les deux Ibériques s'approchent du touriste français.

Pour une raison que Mario continue d'ignorer, Juan maîtrise parfaitement la langue de Molière. Étonnant pour quelqu'un qui n'a jamais mis les pieds à l'école. Une raison de plus pour être fasciné par son mentor.

— Bonjour, on peut vous aider, vous cherchez quelque chose ? lance Juan au routard désemparé.

— Ha bon, vous parlez français, quelle chance ! Je suis là depuis deux jours et je n'y comprends rien, réplique le touriste.

— Oui, oui bien sûr, on peut aller se rafraîchir si vous voulez, je connais un très bon bar pas très loin, affirme Juan dans un français parfait avec une légère pointe d'accent.

— Avec cette chaleur ce n'est pas de refus, je vous suis, répond le touriste heureux de s'être fait des amis en ce pays qui paraissait si hostile, faute de maîtriser la langue locale.

Mario et Juan emmènent notre Français vers la *Plaza Santa Ana*, mythique endroit de fête Madrilène.

C'est dans la *Cervecería Alemana*, taverne jadis fréquentée par Hemingway, qu'ils se racontent leur vie.

Notre touriste a dix-sept ans et il s'est payé tout seul un séjour d'une semaine dans une pension, pour découvrir Madrid.

Juan est fils d'ambassadeur et c'est au cours d'un séjour prolongé à Paris, qu'il a appris le français.

Mario à la fois médusé et fasciné, écoute son idole mentir avec une facilité déconcertante, mettant dans sa poche ce touriste désemparé.

Après deux bonnes heures passées à refaire le monde, qu'il ne connaît pas, Juan pense qu'il est temps de passer aux actes. Mario s'en réjouit, il ne comprenait qu'un mot sur trois de cette conversation et il avait carrément décroché durant la dernière demi-heure.

— Bon nous devons nous en aller, mon père m'attend pour dîner, dit Juan.

— D'accord laissez-moi vous inviter, répond le français sortant quelques pesettes de son porte-monnaie.

Les deux Espagnols ne se font pas prier pour accepter l'invitation.

À peine sorti de la taverne, Juan lance très fermement au touriste :

— Nous n'avons plus d'argent pour prendre un taxi, tu nous en prêtes et on te rembourse dès demain, d'accord ?

— On va se voir demain ? répond le touriste surpris par la curieuse requête de son nouvel ami.

— Oui, oui, nous serons à *Puerta del Sol* à la même heure demain, répondit Juan.

Le français, gêné, se demande s'il a raison de faire confiance en ces deux individus, inconnus il y a seulement deux heures. Cependant il n'a pas vraiment le choix…

— Cinq-cents pesettes ça vous va ? demande-t-il.

— Avec cela je n'irai pas loin, mon père habite au delà de la *Castellana*, si tu as mille pesettes ce sera parfait, lance Juan sur un ton devenu menaçant, je te les rembourse demain il n'y a pas de problème.

Le touriste prend peur. Il est seul et ils sont deux. Ils étaient pourtant bien sympathiques quand nous avons pris ce verre, quel changement de ton, pense-t-il. Il s'exécute pourtant, sortant un billet de mille pesettes.

Mario et son « grand Meaulnes », quittent la place *Santa Ana*, pour se diriger vers la rue *Arenal*. Ils se tapent dans les mains et rient à n'en plus finir. Ils l'ont bien eu cet étranger ! Mille pesettes, c'est la survie assurée durant plusieurs semaines à cette époque.

Les deux compères tâcheront d'éviter la *Puerta del Sol* quelques jours, le temps à notre touriste de retraverser les Pyrénées, et le tour sera joué.

Ce dont ils ne se doutent pas, c'est que notre routard décide de prolonger son séjour dans la capitale espagnole.

Une semaine après leur première rencontre, il aperçoit ses deux débiteurs adossés au mur de la mairie de Madrid. Se réjouissant de pouvoir récupérer son dû, qui commence à lui faire défaut en cette fin de séjour, il court vers ses extorqueurs.

— Buenos días Mario y Juan, qué tal ? Content de vous voir, je vous ai cherché ! Lance le touriste fier de l'effet produit par ces quelques mots d'espagnol qu'il a réussi à apprendre.

Mais Mario et Juan se prêtent à son propre jeu et lui répondent en castillan, l'air surpris comme s'ils n'avaient jamais rencontré ce touriste.

— Où étiez-vous ces derniers temps ? Je suis retourné à *Puerta del Sol* tous les jours pour vous y voir, s'exclame le routard.

— De qué hablas ? No te conocemos ! lui répond Juan d'un ton sec accompagné d'un mouvement de bras peu accueillant.

— Mais enfin Juan tu parles français tu l'as appris à Paris, c'est toi qui me l'as dit, ton père y était ambassadeur.

Nouvelle réponse hurlante de Juan dans la langue de Cervantès le tout accompagné d'une insulte :

— Vete a la porra franchute de mierda !

Notre touriste désemparé comprend qu'il n'y a plus rien à faire. Comment lutter en terre étrangère dans une langue qui n'est pas la sienne et contre deux personnes de mauvaise foi ?

Fixant rageusement une dernière fois ses deux anciens amis, il leur tourne le dos en espérant ne plus jamais les revoir.

Le routard vient de perdre deux choses : mille pesettes et sa naïve confiance en les étrangers.

Il rentrera demain sur Marseille, content de son voyage mais un peu déçu pas les Espagnols.

Quelques années plus tard, il intégrera une grande école de commerce et il aura lui aussi sa propre stratégie, qui ne sera pas destinée aux touristes, mais à la conquête des filles.

Ce malheureux Français, à qui on vient d'escroquer mille pesettes, s'appelle Alexis…

Retour en France où Monsieur et Madame Marchand emmènent leurs enfants en vacances dans le Pays Basque.

Le luxueux *Grand Hôtel* de Saint-Jean-de-Luz, est presque devenu leur résidence secondaire. La famille Marchand y a ses habitudes et un programme bien établi : être les premiers sur la plage à sept heures du matin. Déjeuner à midi *Chez bobo* sur le port de pêche. L'après-midi shopping et activités sportives : descente de la Nivelle en canoë, mini golf à Ascain ou encore équitation à Bayonne.

Aurélien à treize ans, a conscience des privilèges dont il jouit, mais il ne fait pas beaucoup d'efforts pour rendre la pareille à ses parents. C'est un médiocre élève à l'école, qui passe chaque année de justesse dans la classe supérieure. C'est un adolescent lymphatique quand il s'agit de donner un coup de main à la maison. C'est un fils ingrat qui ne remercie jamais ses parents, qui font pourtant tant d'efforts pour lui.

Aurélien a pourtant tout pour lui : un physique avantageux, des parents qui l'aiment, une petite copine, Stéphanie, reine du lycée et l'admiration de tous ses amis.

L'été de ses treize ans sera vital dans l'existence de l'adolescence. Il marquera un virage fatidique dans sa vie.

Il est treize heures et le téléphone sonne dans la grande suite du *Grand Hôtel* de Saint-Jean-de-Luz. Monsieur Marchand s'est assoupi sur le lit en lisant un roman qui parait maintenant lui aussi dormir sur son ventre. La belle Margot est partie faire les magasins du centre-ville. Aurélien regarde la télé dans la chambre communicante avec ses parents.

C'est donc Madame qui décroche le combiné.

— C'est toi Chantal, comment vas-tu ? s'écrie-t-elle.

Ce qui déclenche le sursaut de son mari et la glissade du roman du ventre de celui-ci jusque dans les draps du lit.

— Nous sommes sur la côte basque pour tout le mois d'août avec les enfants, continue la mère de famille.

Madame Marchand et son amie Chantal échangent ainsi une longue conversation, reprenant des thèmes aussi fondamentaux que l'indice du lait solaire qu'elles utilisent ou la marque du collier à puces du chien du voisin. Madame Marchand n'est pas superficielle, mais son amie Chantal, si. Notre mère de famille s'adapte donc à la personnalité de ses amis, ce que nous faisons tous, même sans nous l'admettre.

Chantal se risque une question plus profonde :

— Et pour Aurélien, l'école est toujours aussi difficile ?

— Oui, nous ne sommes pas très contents de ses résultats. Ces derniers temps, il ne pense qu'à aller jouer avec ses amis. Il n'est pas très aimable non plus à la maison, c'est l'âge ingrat je suppose…

L'adolescent, dans la pièce à côté, n'a rien perdu de cette dernière phrase prononcée. Il se sent comme démasqué et en rougirait presque de honte. Sa mère ne lui a jamais fait de reproche, mais en l'espace de quelques secondes, elle vient de dire tout haut, ce qu'elle pense peut-être tout bas, et ce depuis longtemps.

La meilleure satisfaction d'un enfant n'est-il pas que ses parents soient fiers de lui ? Madame Marchand aime son fils comme il est, même si elle préférerait qu'il soit un peu moins égoïste à la maison et un peu plus studieux à l'école. Aurélien doit changer, pour qu'enfin il mérite le bonheur qui l'a toujours accompagné. C'est la résolution de l'été des treize printemps d'Aurélien. Il veut devenir « bon » et faire plaisir à ses parents !

L'adolescent va alors tout mettre en œuvre pour changer son comportement et ses « mauvaises » habitudes. Il aidera sa mère dans ses tâches ménagères, répondra à son père plus gentiment et fera plus attention à sa sœur. Dès la rentrée, à l'école il cravachera dur pour rattraper son retard et ses lacunes. Il deviendra aussi pieux !

En un trimestre Aurélien réussit une petite métamorphose. À l'école, le play-boy, frimeur et paresseux qu'il était, devient un sage élève studieux et consciencieux. Stéphanie est comblée, le jeune homme ne l'ignore plus sans raison comme il le faisait parfois durant plusieurs semaines. Monsieur Marchand peut enfin avoir un dialogue constructif avec son fils, qui l'écoute avec chaque fois plus d'attention. Madame Marchand ne reconnaît plus sa progéniture, elle regrette même sa conversation avec son amie Chantal, sans se douter qu'Aurélien l'avait écoutée. Elle se dit que son petit dernier n'est plus un enfant et que l'âge ingrat est bel et bien terminé.

La superficielle Chantal, quant à elle, ne saura jamais qu'une de ses questions généra une véritable révolution familiale chez les Marchand !

* * *

Deux semaines après la rentrée des classes, Mario a décidé de ne plus aller à l'école.

— L'école, pourquoi faire ? Juan n'y est jamais allé, il en sait bien plus que tant d'adultes.

Il pense aussi qu'il sera plus utile à sa mère, en commençant déjà à gagner de l'argent, même si celui-ci est obtenu malhonnêtement. À treize ans Mario a un code de valeurs bien particulier et surtout bien influencé par son mauvais génie. Les deux compères feront cette fois-ci l'erreur qui changera à tout jamais leur existence, le mauvais coup de trop.

« Panem et Circenses - du Pain et des Jeux », disaient déjà les Romains. Les Espagnols ont bien retenu la leçon de leurs frères latins : entre les tapas et la corrida, leur cœur balance. Penchons-nous sur cette dernière passion : ce n'est ni Séville, ni Grenade, ni Malaga, mais bien Madrid la grande capitale de la tauromachie. Sortir par la grande porte des mythiques arènes de *Las Ventas*, c'est un peu comme donner un concert et remplir Central Park ou gagner un match de football à Wembley : un Must.

En cette journée ensoleillée de septembre, Mario et Juan ont délaissé leur « Porte du soleil » pour aller sévir aux alentours de *Las Ventas*.

Dans les arènes l'affiche est somptueuse : El Cordonbleu et Manulété se sont donné rendez-vous pour un « mano a mano » épique, face aux terribles Miura, ces fameux taureaux associés à la légende de l'astre Manolete.

Ce torero andalou, au physique si svelte, révolutionna le monde de la tauromachie. C'est en l'arène de Linares à Jaén que le cœur de Manolete cessa de battre à tout jamais, un après-midi d'août 1947. Ce jour-là, croisant le fer avec le célèbre Dominguín, le torero andalou se surpassant, trépassa d'une estocade dans la cuisse droite qui lui fit perdre tout son sang. La légende raconte que les dernières paroles de l'astre furent à l'encontre d'Islero, ce Miura qui lui fut fatal :

— Est-il mort ? murmura-t-il dans un ultime effort.

— Oui, il est mort, répondit le chirurgien qui venait de l'opérer sans l'anesthésier.

— Alors je peux partir aussi, dit Manolete comme soulagé d'entendre que son bourreau avait également péri dans ce combat.

Bien plus tard, dans les années 80, Vanessa Paradis consacra même une chanson à Manolete.

On taure à guichets fermés cette après-midi à *Las Ventas*.

El Cordonbleu-Manulété : l'affiche a fait recette.

À l'extérieur des arènes face à la porte principale, nos deux compères sont aux avant-postes à l'affût d'un nouveau coup pendable.

Ils ont remarqué que le butin journalier des guichets est soigneusement récolté peu de temps après le début de chaque corrida. C'est un agent de sécurité, bienveillant mais surtout bien armé qui récupère la petite valise blindée pour l'emmener dans la banque du quartier, exceptionnellement ouverte à l'occasion.

Dix minutes, c'est le temps qui s'écoule entre la fermeture du guichet et la venue de l'agent de sécurité. Dix minutes, c'est le temps où la guichetière se retrouve seule avec un trésor de plusieurs millions de pesettes. Juan et Mario le savent, ils ont préparé leur coup depuis plusieurs semaines. Aujourd'hui, ce sera la mise à mort.

À l'intérieur des arènes la fête bat son plein. El Cordonbleu vient de couper deux oreilles à son deuxième taureau. La pression est désormais sur les épaules de Manulété, qui dégouline de sueur dans son habit de lumière. Il fait très chaud cette après-midi à Madrid, mais ces Miura de plus de 600 kilos aux cornes bien affûtées

36

n'ont rien de chaleureux. Manulété n'a plus le choix. S'il veut garder sa réputation de courageux torero et gagner son mano a mano, il doit prendre tous les risques.

Se positionnant à seulement quelques mètres de la porte du toril, c'est à genoux qu'il attend l'arrivée de la bête.

Non loin de là, mais en dehors des arènes, Juan et Mario miment quelques « veronicas », un œil sur le guichet principal, un autre sur leur animal invisible. Ils se répètent à voix basse leur plan, bien décidés à en découdre le plus rapidement possible.

Il suffit que le taureau dévie sa trajectoire d'un centimètre, pour qu'un torero ressente la douce caresse de quarante centimètres de cornes. Debout, on peut faire quelque chose, à genoux c'est impossible. On comprend pourquoi les toreros ne s'en remettent qu'à Dieu tant pour leur salut que pour leur santé.

Manulété vient de se faire caresser le bras gauche par la corne droite d'un Miura de 620 kilos. Mais il se relève aussitôt, ce n'était qu'un avertissement sans frais. Il a néanmoins réussi son effet : le public Madrilène pourtant si exigeant, apprécie sa bravoure.

En même temps que Manulété se relève, le rideau de fer du guichet de *Las Ventas* s'abaisse avec grand bruit et un peu plus tard qu'à l'accoutumée. C'est un spectateur attardé qui en est le responsable. Il ne trouvait plus le numéro de sa réservation.

Mario et Juan se donnent une dernière accolade comme le font traditionnellement les matadors puis Juan presse le pas en direction de la porte des guichets.

Manulété, le regard transcendé par l'événement se passe de ses aides et vient lui-même planter les six banderilles dans le dos sanguinolent du Miura. Son courage et son

37

audace lui valent des applaudissements chaque fois plus enthousiastes. S'il réussit la mise à mort, il aura les deux oreilles, mais aussi la queue.

Juan, le visage livide d'angoisse, aidé par sa mince morphologie parvient à se faufiler dans l'antichambre des guichets. En guise de banderilles, il tient dans sa main un couteau bien aiguisé, se positionnant à l'affût juste derrière la porte.

Manulété, en plein milieu de l'arène, enchaîne les passes avec brio. C'est Son après-midi. Prenant confiance, il ne cesse de se rapprocher de la bête. Il va maintenant torrer assis sur la barrière.

Mario débout, fixe les guichets de Las ventas comme hypnotisé. Un petit regard sur ses mains brûlées lui évoque le souvenir de sa mère. S'il prend tous ces risques, ce n'est que pour elle et elle en vaut bien la peine.

Les arènes de Madrid sont maintenant en transe. Le public chanceux assiste à un festival de notre matador. De mémoire d'aficionado ont n'avait vu un tel spectacle depuis très longtemps. Manulété n'a jamais été aussi proche du Panthéon de la tauromachie.

Dans les coulisses de Las Ventas c'est un autre mano a mano qui se passe. La caissière vient à peine de fermer la porte qu'elle se retrouve nez à nez face à un Don Juan, qui n'est pas vraiment muni d'intentions séductrices.
— Cette caisse donne-là moi, s'écria-t-il pointant une arme dissuasive en direction du butin.

L'astre combine une dernière veronica en s'enroulant dans sa muleta. Observant le spectacle derrière la

38

barrière, El Cordonbleu ne peut qu'apprécier. Cette après-midi le plus fort, c'est bien Manulété.

Un agent de sécurité s'étonnant du retard peu coutumier de la caissière, se dirige d'un pas décidé vers les guichets. La vue de ce troisième larron non invité au festin a fait sortir Mario de ses pensées maternelles. Il panique. Il faut agir rapidement, son ami est en danger et il n'est pas du genre à fuir ses responsabilités.

Manulété s'apprête à tuer la bête avec laquelle il vient de jouer depuis de longues minutes. Il tente l'impossible : une estocade à un mètre de la barrière.

Juan, courant vers la sortie tient dans sa main sa retraite et celle de ses petits-enfants. La caissière n'a pas résisté longtemps au charme de son couteau.

Manulété, comme s'il priait, attend son Miura à genoux pour la dernière estocade. L'orchestre s'est arrêté de jouer, le public a déjà sorti ses mouchoirs blancs, le silence envahit la place.

Dans la pénombre de l'antichambre des guichets, Juan n'a pas vu arriver son bourreau et c'est de plein fouet qu'il percute l'agent de sécurité, le choc ouvrant la valise pleine de billets.

Manulété s'est vu trop beau cette après-midi. Il avait une réputation à tenir, son Miura également. Au moment où il s'apprêtait à mourir, le taureau a tourné la tête plantant l'ensemble de sa corne dans l'abdomen du matador.

Mario n'a pas réfléchi longtemps. Il s'est également jeté dans la gueule du loup. Arrivé quelques secondes après le terrible choc de son acolyte et de l'agent, il le percute tout aussi violemment se retrouvant au sol, à côté de son mauvais génie.

Dans l'arène, El cordonbleu vient à la rescousse de son rival, agitant une cape pour éloigner le Miura de sa victime. Manulété gisant inanimé sur le sable de l'arène, prend des allures de « Dormeur du val ».

— Vous êtes tous les deux en état d'arrestation, dit l'agent pistolet au poing, se relevant péniblement, sonné par sa double chute. Les deux apprentis gangsters sont menottés puis conduits au commissariat le plus proche où ils n'ont d'autre recourt que d'avouer leurs mauvaises intentions.

Allongé, les bras en croix et le visage apaisé, le torero blessé occupe tous les regards de l'infirmerie.
La lumière de son habit vient de s'éteindre.
Manulété est au paradis, et ce pour l'éternité.

Mario ira en enfer quatre années dans une maison de redressement pour mineur. Pendant ces quatre ans, il méditera l'erreur de son amitié pour Juan. Il n'aura de cesse de penser au chagrin de sa mère causé par celui qu'il a tant admiré.
Les parents ont toujours raison, même quand ils ont tort.

Juan, lui, s'évadera pour traverser l'Atlantique et rejoindre clandestinement les Etats-Unis. Une fois là-bas, il poursuivra son appétit vénal…au pays de l'argent roi.

Pour Juan c'est une page qui se tourne.

Pour Mario c'est une encyclopédie qui se ferme.

Chapitre 3

Quatre ans plus tard, années 90.

Aurélien vient de réussir son Bac B comme « Battant » avec mention « pas trop mal », comme il se plaît à dire pour déclencher le rire de ses camarades.

L'adolescent parisien, devenu beau jeune homme, vient de rompre avec Stéphanie, celle qui fut sa « fiancée » durant quatre douces années. N'ayant pu faire HEC comme sa sœur ou son père, dû à des lacunes aussi irrattrapables « qu'irrattrapées », Aurélien se lance dans de Hautes Études Canines. Sa passion pour les animaux ayant eut raison de son choix éducatif, c'est vétérinaire qu'il veut devenir.

Mais avant de devenir véto, il faut passer par la case bizutage. Et celui des « guérisseurs d'animaux » n'est pas des plus cléments... Mâchoires de pitbull dans ses chaussures, peaux de serpent dans son lit, cadavres de rat dans sa salle de bains : tout est bon pour décourager les nouveaux venus de poursuivre leurs études.

Aurélien aborde pourtant cette rentrée avec enthousiasme et incrédulité. Dès les premiers jours, son physique de beau gosse lui vaut de devenir le souffre-douleur de toute sa promotion. Les bizuteurs le prennent en grippe et passent sur notre Parisien toute leur frustration de n'avoir pu fait médecine.

— Toi le blondinet au bandana est-ce que tu parles espagnol ? Lui lance un bizuteur en tenu kaki, un béret militaire vissé sur la tête.

— Si hablo español, répond naïvement Aurélien.

— Et bien pour la peine tu vas te mettre à poil sous l'arc de triomphe, lui rétorque ce paramilitaire de vétérinaire.

C'est ainsi que toute la promotion avec à sa tête (de Turc) Aurélien, se déplace joyeusement en direction de la plus belle avenue du monde. Le joyau Napoléonien, une fois atteint, Aurélien n'a plus d'autre solution que de s'exécuter.

Il fait froid à Paris en ce mois d'octobre et la flamme du soldat inconnu ne parvient même pas à réchauffer notre apprenti veto.

Suivant les ordres peu chaleureux de son supérieur au béret militaire, Aurélien retire un à un ses vêtements, le tout accompagné de rires et d'exclamations de toute une école en délire.

— La chemise, la chemise, s'écrie la petite troupe d'étudiants mêlée aux touristes locaux.

Aurélien se prend au jeu, il n'a de toute façon plus le choix. Il imite les pin-up du *Crazy Horse* en retirant ses habits d'une façon la plus sensuelle.

Les flashs des photographes japonais crépitent. Aurélien passe à la postérité au pays du soleil levant.

— Pantalon-pantalon, enchaîne d'une seule voix la troupe qui se fait chaque fois plus dense autour de l'exhibitionniste malgré lui.

— Le caleçon, le caleçon, le caleçon ! Crie à l'unisson une véritable foule au pauvre étudiant à qui il ne reste plus qu'un vêtement.

Aurélien se retrouve en transe dans un état « encéphalographique » plat : il préfère ne plus penser plutôt que de se rendre compte du ridicule de sa situation. D'ailleurs à quoi pourrait-il penser ? Qu'il aurait mieux fait de faire médecine ？ Qu'il aurait dû apprendre l'allemand plutôt que l'espagnol ?

42

Comme je vous le disais, l'esprit du jeune homme est quelque peu perturbé cette après-midi.

Alors qu'Aurélien s'apprête à retirer son sous-vêtement pour se retrouver dans le plus simple appareil, un militaire (un vrai cette fois-ci) vient à l'encontre du strip-teaseur.

— Remballez-moi tout ça, on va vous réchauffer au poste, lui dit-il.

L'apprenti vétérinaire se retrouve ainsi au commissariat du huitième arrondissement, sans chemise, sans pantalon, sans papier, mais avec une belle réputation gagnée pendant l'ensemble de sa scolarité.

— Alors on fait le mariole sur la place publique ? Lui lance un agent de l'ordre sur un ton de voix ironique rappelant étrangement le Galabru du Gendarme de Saint-Tropez.

— C'est le bizutage Monsieur, je n'y suis pour rien, on m'a obligé, rétorque penaud Aurélien emmitouflé dans une couverture sponsorisée par le ministère de l'intérieur.

— Nous aussi on est un peu obligé de vous demander des comptes maintenant, vous comprenez.

— Oui je comprends mais vous savez ce que c'est le bizutage.

— Non à la police on ne bizute pas ! Vous devinez où cela peut vous mener : désordre sur la voie publique, non respect d'un monument historique et, de surcroît, exhibitionnisme ?

— Sûrement pas à un diplôme de vétérinaire, je le crains…

— Non pas vraiment. Il y en a qui pour moins que ça, se sont retrouvés à l'ombre.

— Même avec ce froid ?

— Mais vous faites de l'esprit en plus ?

— Non, non, je suis vraiment désolé. Je vous assure que je n'y suis pour rien.

— Bon, vous avez de la chance, pour cette fois-ci on va mettre ça sur le compte du « bizutage ». Mais que cela ne se reproduise plus, vous allez être fiché maintenant !

— Merci beaucoup Monsieur, la couverture je peux la garder en souvenir ?

— Rentrez vite chez vous avant que je change d'avis !

C'est ainsi qu'Aurélien entra dans la légende du bizutage vétérinaire.

Le soir même au domicile familial des Marchand :

— Ton bizutage ça s'est bien passé ? demande Monsieur Marchand.

— Très bien, mais j'ai un peu attrapé froid, on nous a fait marcher le torse nu, répond son menteur de fils.

— Je me souviens à HEC, c'est carrément à poil qu'on nous faisait courir, les temps ont changé je vois ! s'exclame le père d'Aurélien fier de ses glorieux faits d'armes.

Le lendemain la première page de *France soir* titre « un stripteaser sur la tombe du soldat inconnu ». On y voit une superbe photographie d'Aurélien quelque peu hébété dans son attitude, vêtu d'un simple caleçon et le visage joyeux.

Il n'y avait ce jour-là, pas que des photographes japonais.

Heureusement que Monsieur et Madame Marchand ne lisent jamais *France Soir*…

Revenons sur un thème qui tient le plus à cœur à notre jeune Parisien : la conquête de la gent féminine. Après trois années passées avec la même copine, Aurélien a un peu envie de s'amuser en cette nouvelle rentrée. Papillonner et ne plus se compromettre : telles sont ses nouvelles « bonnes » résolutions.

Il ne sait pas ce qui va lui tomber dessus…

Lors de son langoureux streaptease, Aurélien, bien qu'un peu éméché par l'état de transe dans lequel il se trouvait, remarqua entre deux jets de vêtements, le délicieux sourire d'une jolie brunette aux charmantes fossettes. Celle-ci, également étudiante en Véto, s'était postée au premier rang de la farandole de voyeurs vétérinaires, bien décidée à ne rien perdre de l'exhibition. À la fin de son show c'est un peu pour cette jeune fille que le Parisien en rajoutait, tordant son corps presque nu au rythme des acclamations du public, ce qui valu l'intervention du gardien de la paix.

Aurélien ne la connaît même pas, mais il la fait déjà rire. C'est donc un grand pas de gagné dans une approche séductrice.

À peine remis de sa bronchite contractée sous l'arc de triomphe, notre étudiant n'a qu'une idée en tête : séduire la jolie brunette aux charmantes fossettes. En cette première semaine de rentrée, Aurélien va battre un record du monde : être dans les locaux de la fac six jours sur sept et en moyenne quinze heures par jour, sans assister à un seul cours ! Par contre, c'est le roi de la cafét' et les étudiants, nouveaux venus comme lui, pensent même qu'il y travaille à temps plein comme serveur.

Par conséquent, ce sera dans sa nouvelle maison qu'Aurélien discute pour la première fois avec son « projet » sentimental de la rentrée :

— Salut, moi c'est Aurélien, à qui ai-je l'honneur ? dit-il se rapprochant de la jeune fille, d'un air faussement nonchalant.

— Moi c'est Aurélie, quel hasard dis-donc !

— Non tu plaisantes ?

— Oui c'est une blague, c'est ma sœur qui s'appelle Aurélie, moi je m'appelle Charlotte, répond la brunette aux fossettes.

— Alors moi ce sera Charles dans ce cas-là ! s'exclame le blondinet, le sourire retrouvé.

C'est un peu nulle comme première conversation, mais c'est pourtant en ces termes qu'Aurélien et Charlotte se sont parlés pour la première fois.

À partir de cet instant, Aurélien va se livrer nuit et jour à une véritable traque humaine, limite obsessionnelle, dans l'objectif de séduire la jeune fille.

Ce seront ses classes de vétérinaire qui en pâtiront. Entre l'étude approfondie des crocs canins et le joli sourire de Charlotte, il fallait faire un choix ! Mais la brunette ne se laisse pas embrigader si facilement. En ces premiers jours de rentrée, Charlotte n'a qu'un homme dans sa vie : Andrew, un prince charmant anglais rencontré cet été outre-Manche.

Désolé Aurélien, mais Charlotte est casée !

Le lendemain de la première rencontre de la cafétéria, les deux jeunes étudiants se croisent à nouveau dans un couloir de la fac.

— Ah salut Aurélie, oups pardon, Charlotte ! lance Aurélien, le sourire au coin, convaincu qu'il vient de produire un grand effet sur la jeune fille, reprenant le « joke » d'hier comme fil conducteur de leur conversation.

— Salut toi, excuse-moi je n'ai pas trop le temps il faut que je file vers la gare, je prends l'Eurostar direction Londres pour y passer le week-end, répond la jeune fille, baskets aux pieds et sac au dos.

— Londres, qu'est-ce que tu vas y faire ? Interroge le blondinet la moue dubitative.

— Et bien je vais y voir mon copain, répond Charlotte, coupant court à la conversation.

Il est des phrases assassines que l'on aimerait ne jamais entendre. Ces derniers mots prononcés par Charlotte, en ce vendredi après-midi, raisonneront sans cesse un week-end durant dans la tête du néo-strip-teaseur.

« Mince elle est maquée, ça ne va pas être facile », pense alors notre héros déchu.

Mais le jeune homme est persistant. Élaborant un plan, dès lundi il reviendra à l'abordage de la brunette aux fossettes.

À cette époque-là, les préoccupations du Parisien Aurélien sont aux antipodes de celles de Mario le Madrilène. L'espagnol vient de finir son purgatoire : quatre années passées dans la prison pour adolescents de Tolède, une ex-capitale située au Sud de Madrid.

Pendant que Mario en prenait pour quatre, sa mère en prenait pour dix : Madame Santiago a vu sa belle chevelure passer du brun foncé au gris clair. Les rides de son visage sont si profondes qu'elles paraissent avoir été creusées pas de longues larmes d'angoisse pour son petit garçon.
Mario a lui aussi changé physiquement. Il était déjà grand, il est devenu fort. La pratique du sport et des travaux manuels, ont permis à ses muscles de s'épaissir, et même de doubler de volume. Il s'est aussi quelque peu dégarni. Sa chevelure noire jadis épaisse, est maintenant clairsemée, alors qu'il n'a même pas vingt ans.
Son beau regard noir à la fois inquiet et mystérieux, est quant à lui resté le même.
Mario a profité de ces quatre années de pénitence pour apprendre un métier, celui de menuisier et une langue, le français, tout en conciliant les deux puisque son professeur de menuiserie est un Toulousain expatrié.
Le jeune homme s'est également découvert une passion, plus intellectuelle cette fois-ci, celle de la poésie.

Le jour de sa « libération », Madame Santiago est bien présente pour ramener son fils au foyer familial. Après une chaleureuse et silencieuse accolade, l'ex-renégat prononce ses premières paroles d'homme libre repenti.
Maman, je ne veux pas rentrer tout de suite à la maison. Peux-tu nous conduire au *Cerro de Los Angeles* ?

Situé à quelques encablures de la capitale, cet endroit rappelle étrangement le *Corcovado* de Rio de Janeiro.

C'est une gigantesque statue du Christ dressée au milieu de nulle part, en plein désert Castillan.

En chemin vers le sanctuaire madrilène, Madame Santiago ne peut cacher son étonnement dû à l'étrange requête de son fils. « Quatre années de réflexion, cela vous fait forcement réfléchir ! Serait-il devenu pieux ? », Pense-t-elle en silence un petit sourire aux lèvres, car malgré tout heureuse de cette bonne résolution.

Une fois arrivés sur le site, les Santiago montent au sommet de la statue puis, Mario, s'agenouillant, sort un petit papier de sa poche et se met à lire.
« Je ne me suis pas aperçu de la chance que j'ai eue
Sans toi pas de doute j'étais vraiment perdu,
Tant de fois j'ai été tellement têtu.
Je devine tous les soucis que j'ai t'ai causé,
Par mon imprudence ou ma naïveté.
À partir de maintenant je te promets,
De ne plus jamais rien faire sans t'écouter.

Je t'aime maman, je m'excuse pour tout, » s'exclame en larmes le jeune homme ému par son propre discours. Madame Santiago fond également, mais pour la première fois en quatre ans, ses larmes sont de bonheur. Elle vient de réaliser que son fils est de retour à la raison.

Et pour son plus grand bonheur, il est aussi de retour à la maison.

Mario retrouve son appartement de la rue Arenal.

« J'ai peut-être changé, mais l'état de la maison est resté le même », pense-t-il en observant murs en décrépitude et meubles mités du salon. « Quel désastre ! Et dire que j'ai laissé ma pauvre mère vivre ici toute seule » se désole le jeune homme.

Mario se met alors à l'ouvrage avec acharnement et dévotion. En quelques semaines, à coup de marteaux, râteliers, et pinceaux, il parvient à transformer un logis bruyant et croulant, en appartement reluisant du centre de Madrid. L'adolescent a bien retenu les leçons apprises pendant ces années de confinement. Pour la première fois, il se sent orgueilleux de ce qu'il vient d'accomplir. « Et si j'en faisais un métier pour gagner honnêtement ma vie ? », pense-t-il, observant son ouvrage une fois achevé.

Pendant ces moments passés à retaper l'appartement, Madame Santiago devine que c'est autant de temps gagné pour tenir Mario à l'écart de la rue et de ses mauvaises fréquentations. Elle est aussi heureuse que son fils découvre enfin les valeurs du travail et de l'honnêteté.

Madame Santiago est tout simplement redevenue fière de sa progéniture.

* * *

« Paris est magique quand on est amoureux. En fait tout est magique quand on est amoureux », c'est ce que pense Aurélien assis à califourchon sur le rebord de la fenêtre de sa chambre, les yeux tournés vers le ciel étoilé de la capitale.

« Ce qui est moins magique, c'est qu'à cette heure-ci, Charlotte est probablement dans les bras de son roast-beef ou en train de siroter une bière en se regardant amoureusement », songe avec rage le blondinet. « Et moi, je suis là comme un couillon à regarder le ciel et à rêver de l'embrasser, que le monde est mal fait ! ».

— Heureusement que j'ai un plan, à la trappe le roast-beef, Austerlitz mon Amour, Charlotte tu seras mienne d'ici peu !, s'écrit tout seul le Parisien, quelque peu éméché par la demi-bouteille de whisky qu'il vient d'ingurgiter en à peine quelques minutes.

— Aurélien ça ne va pas ? demande Margot le canon de beauté alerté par le son de la dernière phrase prononcée par son frère.

— Tout va bien frangine, j'ai un petit chagrin d'amour mais à part ça tout va bien.

— Tu veux m'en parler ?

— Non merci, j'ai résolu le problème, affirme Aurélien la démarche titubante en direction des toilettes.

— Et pourtant on ne dirait pas…

La porte des WC à demie ouverte, Aurélien accroupi la tête dans la cuvette, et en ce samedi soir étoilé c'est toute la famille Marchand qui profite du concert donné par le benjamin de la famille déglutinant.

— Une première cuite ça s'arrose ! s'écrie Monsieur Marchand en se servant une coupe de champagne. Ça me rappelle…

— Oui papa tu nous l'as déjà raconté mille fois, ta première cuite quand tu as su que tu intégrais HEC, coupe Margot.

— Mais qu'est-ce qu'il a ? demande anxieusement Madame Marchand.

— Un chagrin d'amour tout simplement, répond la grande sœur.

— Si ce n'est que ça, alors ça lui passera, s'exclame le père de famille se réservant un deuxième verre.

— Chéri tu me sers une coupe puisque tu y es ? demande Madame.

— Deux si tu veux, répond Monsieur.

— Moi aussi please, surenchérit Margot.

Et c'est ainsi qu'en cette belle soirée étoilée Parisienne, la famille Marchand prit sa première cuite familiale.

Les Marchand : le poids du nom, le choc de la boisson !

La gueule de bois consumée par une opération sofa, elle aussi familiale, durant toute la journée de dimanche et on retrouve notre Don Juan sur le pied de guerre en ce lundi matin. Comme à son habitude, rôdant autour de la cafétéria, plutôt que d'être en cours.

Charlotte est revenue « enchantée » de son week-end londonien. Plus amoureuse que jamais elle n'a qu'une seule envie : retraverser la manche.

Une fois de plus retrouvons la belle et son prétendant, dans le « romantique » cadre de la faculté de vétérinaire.

Charlotte est cette fois-ci accompagnée d'une copine (pas mal du tout) et Aurélien est avec un ami (très sympa).

— Salut Charlotte, alors ton week-end c'était comment ?

— Magique, tellement magique que j'y retourne le week-end prochain.

— Quel dommage ! Je voulais justement t'inviter à un cocktail chez moi vendredi.

— Désolé ! Une prochaine fois peut-être, allez salut.

Voilà comment un plan stratégique élaboré soigneusement pendant de longues heures tombe à l'eau en l'espace de quelques secondes. Charlotte a toujours son anglais en tête, et le rajout d'une bonne couche d'amour le week-end prochain ne fera pas les affaires du Parisien. Il faudra encore être patient, pense-t-il. Tout vient à point à qui sait attendre.

Le malheur des uns faisant le bonheur des autres, l'ami très sympa d'Aurélien a littéralement « flashé » sur la copine de Charlotte, pendant cette rencontre aussi peu glamour que furtive. Les deux étudiants, eux se retrouveront bien vendredi prochain pour un dîner en tête-à-tête, suivi d'un baiser langoureux en guise de dessert.

Que la vie est mal faite ! pense Aurélien écoutant le récit de son copain le lundi d'après, bien qu'il soit tout de même content d'avoir fait au moins un heureux.

* * *

Mario a trouvé du boulot dans un atelier de menuiserie des quartiers Sud de Madrid. Tel Geppetto confectionnant son Pinocchio, il fabrique toute sorte de marionnettes infantiles. Quel comble pour quelqu'un qui n'a jamais eu de jouets, il en est entouré toute la journée ! Les marionnettes sont ensuite exportées vers le nord de l'Europe, profitant de la main d'œuvre bon marché qu'offre l'Espagne à cette époque-là. Nous sommes au début des années 90.

Lorsque les ouvriers quittent l'atelier le soir, bien souvent Mario se retrouve seul face à ses marionnettes. Il se rappelle son enfance et les histoires qu'il s'inventait en observant les passants du haut de son balcon. Même à presque vingt ans, il ne résiste pas à donner de la parole à ces jouets si réalistes. Le Lyonnais Guignol, l'Italien Pinocchio, l'Américain Kermit, tous conversent dans la langue de Cervantès et s'animent chaque soir dans l'imagination de l'apprenti menuisier.

C'est à l'ombre des adultes que Mario est le plus heureux.

Ces quatre années d'enfermement ne lui ont pas fait perdre son infantilisme. Ces marionnettes, à qui il prête voix, sont ses nouvelles lumières.

Dans son atelier et en se racontant des histoires, Mario peu à peu reprend goût au bonheur.

* * *

Les examens approchent et Aurélien ne sait toujours pas où se trouve l'amphithéâtre de la fac, trop occupé par des activités extra-scolaires. Il faudra pourtant réussir cette première épreuve de l'année, s'il veut rester dans la course à la Charlotte. Seulement voilà, le Parisien n'a absolument rien fait et ses beaux cahiers sont restés désespérément immaculés d'encre. La photocopieuse de l'entreprise paternelle va donc travailler sans relâche un week-end durant, pour permettre à Aurélien de réaliser pour la première fois qu'il est bien en faculté.

Mais une première découverte des cours, à une semaine de la date fatidique de l'examen, c'est un peu court pour enregistrer le fonctionnement de la gestation de la jument. La conclusion est évidente, il n'y a qu'un seul remède pour sauver Aurélien du ridicule : la pompe. C'est risqué, mais rendre feuille blanche le jour de l'examen, ça l'est encore plus.

Pour ce faire, Aurélien va utiliser la fameuse technique de la feuille d'examen déjà préparée. Faute de budget, l'administration ne donne pas toujours de feuilles d'examen. Les étudiants sont donc tenus de rédiger leur copie sur des feuilles qu'ils ont eux-mêmes acheté et qui sont sensées être vierges. C'est là qu'intervient le génie du pompeur : re-écrire son cours au crayon gris ultra fin dans la marge de sa copie d'examen. Le jour J, il n'aura qu'à reproduire à l'encre bleue son cours soigneusement pompé dans la marge.

Facile, très facile même. C'est ainsi qu'Aurélien retranscrira textuellement ses principales matières (elles-mêmes photocopiées), dans les cinq centimètres de la marge, en utilisant le crayon gris à la mine la plus fine du monde.

Le jour des épreuves, tout se passe comme prévu :

Effectivement faute de budget, on ne donne pas de nouvelles copies aux étudiants et Aurélien peut utiliser sans soucis ses propres manuscrits teintés de gris.

Le sujet de l'examen porte très exactement sur les cours que le Parisien avait recopiés.
Aurélien est arrivé deux heures avant l'ouverture de la fac. Tout d'abord pour ne pas se tromper d'amphi (puisqu'il n'y a jamais encore mis les pieds) mais surtout pour avoir la meilleure place : celle du milieu de rang, là où les pions ne peuvent pas te voir.
Tout s'est bien passé sauf qu'Aurélien a oublié un important détail : effacer le cours retranscrit, avant de rendre sa copie...

Charlotte croise notre pompeur sortant de l'amphithéâtre :
— Ha salut Charlotte, alors ton week-end à Londres ça s'est bien passé ?
— Oui très bien, trop bien même car j'ai peur de ne plus pouvoir y aller de sitôt... je me suis complètement planté à cet examen. Et toi ça a été ?
— Super, j'ai eu de la chance j'avais justement relu hier soir ce cours.
En prononçant cette dernière phrase, Aurélien remonte le temps de quelques minutes pour réaliser son impardonnable faute : oublier de gommer le cours pompé.
— Son visage passe en l'espace d'une seconde, du rouge timide au blanc cassé livide.
— Ça ne va pas Aurélien, tu en fais une de ces têtes tout à coup ?
— Je ne me sens pas très bien je crois que j'ai trop travaillé, excuse-moi une seconde, répond le blondinet, qui à ce moment très précis ressemble plus à martien qu'à un étudiant.

Se dirigeant droit vers les toilettes de la faculté, et pour la deuxième fois en moins d'une semaine, le Parisien déglutit lamentablement son déjeuner…

Le crime ne paie pas Aurélien, tu devrais le savoir !

Il s'en suit une semaine d'atroce angoisse. Notre tricheur redoutant le moment fatidique, celui de la remise des notes. Le point positif, c'est que l'assimilé « serveur de la cafétéria » est revenu en cours en ce mois de novembre. Il n'a du reste jamais été aussi assidu. S'asseyant toujours au premier rang, il ne perd pas une virgule du cours magistral et se montre très pertinent dans ses questions.

Tous les soirs, il supplie dans ses prières une indulgence pour son erreur.

Le jour du résultat de l'épreuve, Aurélien au premier rang, comme à son habitude depuis quelques temps, se tord d'angoisse. Un examinateur qui se veut drôle, remet une à une les copies, le tout accompagné d'un petit commentaire, pas toujours très subtil :

— Monsieur Delaitre, vous oubliez que vous faites des études de vétérinaire : le Yorkshire est effectivement une région d'Angleterre, mais c'est aussi un animal de compagnie, 5/20.

— Mademoiselle Lubrano, le BCBG n'est pas un vaccin, c'est le BCG qui en est un, 9/20.

— Monsieur Bonnet, j'ai l'impression que vous ne faites pas encore de différence entre une culotte de cheval et un arrière train de jument, 7/20.

...Jusqu'au…

— Marchand, 16/20, pas mal mais la prochaine fois n'oubliez pas d'effacer votre brouillon dans la marge.

Le miracle a eu lieu. L'examinateur n'y a vu que du feu. Aurélien est sauvé, mais il sait que c'est un avertissement sans frais. La pompe c'est fini, c'est ce qu'il s'est promis. Quitte à rater ses examens, autant le faire honnêtement.

À Madrid, l'hiver arrive toujours sans prévenir et il dure plus longtemps qu'on ne le pense. Ses habitants ont même un dicton résumant en tout mot la situation : Madrid, neuf mois d'hiver, trois mois d'enfer. Les trois mois d'enfer se référant aux températures estivales souvent insoutenables. N'oublions pas qu'avec ses 650 mètres d'altitude, Madrid est la plus haute capitale d'Europe, et comme disait le général : elle entend le rester !

Cette année comme à son habitude l'hiver est arrivé par surprise et en l'espace d'une nuit le mercure vient de chuter de vingt degrés. Malgré le froid s'installant, Mario a chaud au cœur en ce mois de novembre. Lui qui avait quitté la scène de la « vie normale » par les coulisses, il s'y réinsère par la grande porte. Son travail à l'atelier de menuiserie lui vaut les louanges de ses supérieurs et à la maison, c'est un fils exemplaire. Toujours serviable et de bonne humeur, Mario s'est bel et bien racheté une conduite.

Mais il se passe toujours quelque chose dans la vie de notre Madrilène, comme si le sort s'acharnait contre lui.

Chaque jour, avant de rentrer à la maison, Mario passe quelques minutes dans l'une des nombreuses salles de jeux que compte la capitale ibérique. C'est dans une ambiance malsaine, alcoolisée et enfumée qu'il observe avec attention les joueurs de poker, sa prédilection. Assis à des tables rectangulaires, ces parieurs portent tous cravates, costumes sombres et lunettes noires ce qui suscite la plus grande curiosité du Madrilène. L'habit ne fait pas le moine, dit-on généralement, mais il semblerait que pour ces joueurs de poker, l'uniforme soit de rigueur. Mario s'est renseigné au sujet des lunettes noires : lorsque l'on ment, la pupille de nos yeux se rétrécit. Il suffirait donc de fixer le regard d'un adversaire pour savoir s'il « bluffe » ou pas. C'est pour cela que les joueurs de poker cachent leurs yeux, au moyen de lunettes les plus opaques possible. Il n'y a cependant pas d'explication rationnelle pour la cravate et le costume sombre, si ce n'est faire part d'une certaine solvabilité en s'habillant correctement.

Le Madrilène a vite compris comment fonctionnait le poker. Il faut avoir de la chance c'est inéluctable, mais l'art du poker c'est avant tout savoir prendre des risques et les prendre au bon moment. Après quelques mois d'observation, il se décide enfin à faire le grand pas.

Après une dure journée de labeur, Mario enfile un costume flanelle trop grand et une affreuse cravate rouge achetée d'occasion au Rastro, le marché aux puces local. Ce curieux accoutrement ne lui donne guère de crédibilité, mais le Madrilène n'en a que faire, il se sent tout sauf ridicule. Il a rêvé à ce moment précis des nuits entières. Ce soir, il va s'asseoir à la table des joueurs de poker, et devenir le temps d'une partie, l'un des leurs.

Tout juste sorti de l'atelier, le jeune homme jette un anxieux coup d'œil sur l'horloge de son poignet. Il ne lui reste que deux heures pour éviter le couvre-feu virtuel imposé par sa mère depuis son retour de prison.
Pressant le pas, le voici dans le vestibule du « Piccadilly », une salle réputée de la capitale, située à quelques encablures de son appartement.
— Il nous manque un quatrième, s'écrie un croupier aussi endimanché que ses clients.
— Moi, répond simplement Mario sortant ses lunettes noires et s'asseyant avec autorité à la place vacante.

Le Madrilène a compris que dans le poker, le jeu n'est pas seulement issu des cartes que l'on peut tirer.

Chaque membre du quatuor allume un cigare aussi gros que le barreau de la chaise sur laquelle ils sont assis.

Mario sort un *Davidoff* comme coutumier du fait. On distribue les cartes. La mise aujourd'hui est de cent mille pesettes la cave, soit le triple du salaire mensuel de Mario.

On joue gros en cette fin d'après-midi à Madrid.

Dès la première donne, l'apprenti menuisier se retrouve avec trois as dans son jeu, le parfait brelan servi. Il va demander deux cartes et tenter le carré.
— Carte. Lance un Cubain, membre du quatuor, habitué du site et positionné face à Mario.
En cette journée d'automne, la chance qui n'avait jamais souri à Mario, va lui rendre un peu de ce qu'elle lui doit. Le Cubain lui donnant deux rois, ajouté aux trois as qu'il a déjà dans ses mains et le Madrilène se retrouve avec une donne imbattable : un full aux as par les rois.
Les mises montent, il semblerait que les adversaires de Mario ne soient pas en reste.
— Cinquante-mille pesettes pour voir ton jeu, s'exclame le Cubain sûr de lui.
— Je suis, rétorque dans un accent basque le voisin de droite du Menuisier, poussant une liasse de billets vers le centre de la table.
— Je ne vais pas manquer ça non plus ! réplique l'autre Sud-américain de la partie, un Mexicain sans papier en Espagne, pour qui le jeu est la seule source de revenu.
La tension bat son plein dans la salle de poker. Quelques parieurs ont déserté leurs mises et forment un cercle silencieux autour de la table. La fumée des cigares devient de plus en plus épaisse. Le Piccadilly n'a jamais aussi bien porté son nom : on se croirait à Londres un jour de brume. Mario se sent très fier. Pour la première fois, il est le centre d'attention d'une petite foule qui attend avec anxiété le dénouement de ce règlement de compte sur tapis vert.

— Suite à l'as, s'écrie le Mexicain illégal en étalant sa séquence sur la table.

— Je te bats : couleur, lance fièrement le Cubain montrant ces cinq trèfles.

— Pas mieux, rétorque penaud le quatrième larron, Basque d'origine.

Les regards se portent alors vers le Madrilène. Deux-cent-mille pesettes sont en jeu. Mais au-delà de l'argent, c'est l'honneur qui est en jeu.

— J'ai un full aux as royal, dit humblement Mario mais au fond de lui, orgueilleux comme il ne l'a jamais été.

Les insultes fusent à la barbe des trois perdants. Ils pensaient bien qu'ils allaient le plumer ce jeune homme, novice aux jeux et si mal habillé.

Les plumés aujourd'hui, ce sont eux.

Mario ramasse la mise et salue ses compagnons de jeu qui le lui rendent froidement. Il n'a qu'une idée en tête, inviter sa mère à dîner dans un bar à tapas huppé de la capitale. Ce soir Mario se sent fier, mais aussi très riche !

La semaine suivant le « banco » ne sera pas de tout repos à l'atelier. On vient de recevoir la première commande outre-Atlantique. La canadienne troupe du « Cirque du soleil » va incorporer dans son spectacle un numéro de marionnettes trapézistes. Il faut fabriquer cinquante figurines en un délai record de quinze jours. Mario ne partira pas un seul soir avant minuit. Malgré la fatigue pesante, le menuisier n'a qu'une seule envie : quitter son tablier d'apprenti menuisier pour endosser celui d'apprenti joueur.

Ce sera chose faite le vendredi d'après. Le travail à l'atelier bien achevé, Mario retourne dans son tripot fétiche, où l'attend à la même table son trio de victimes favorites : Basque, Cubain et Mexicain.

Un salut plutôt froid mais cordial, et c'est le début des hostilités.

Après une demi-heure de jeu, le Mexicain quelque peu revanchard décrète « un pot », une pratique courante dans le poker destinée à faire augmenter le montant des mises.

— Je fixe l'ouverture à trois-mille pelas et au brelan de Rois, annonce le Sud-américain distribuant les cartes, dans une énième bouffée de cigare.

— C'est pas ouvert, dit le Cubain aplatissant avec rage son jeu sur la table.

— Pas ouvert non plus, lance d'un ton irrité le Basque.

— C'est ouvert, rétorque nonchalamment Mario, ce qui a le don d'énerver ses trois compagnons de jeu.

La chance sourit une nouvelle fois au Madrilène. Il a dans ses mains trois dames. En demandant deux cartes, il peut leur refaire le coup du full ou mieux encore celui du carré. Le Mexicain donne trois cartes au Cubain, trois au Basque et s'en sert trois. « Bon signe » se dit Mario, « s'ils demandent chacun trois cartes, c'est qu'ils ont peu de jeu ».

Deux as, mais quelle chance ! pense le jeune homme en découvrant sa donne. Une fois de plus il se retrouve avec la fantastique opportunité de rafler la mise. Les probabilités que ses adversaires aient plus de jeu, sont infimes, il va leur refaire le coup de la semaine dernière.

Les mises montent rapidement, mais Mario reste sûr de lui. Seul un improbable carré ou une impossible quinte flush pourrait battre sa donne.

— Tapis, s'exclame le Basque en poussant l'ensemble des billets vers le centre de la table.

— Je suis, répond le Mexicain en jetant cent-mille pesettes.

— Tapis aussi, dit le Cubain.

Quatre-cent-mille pesettes sont cette fois-ci amassées sur le tapis vert. L'équivalent de sept mois de travail acharné dans l'atelier de menuiserie. Cette somme donne le vertige à l'apprenti joueur. S'il gagne, ce n'est pas le restaurant huppé qu'il offrira à sa mère, mais le voyage à Paris qu'elle rêve de découvrir depuis sa plus tendre enfance.

— Mario montre-nous ton jeu, s'écrient presque en cœur les trois joueurs.

— J'ai un autre full mais cette fois-ci aux dames par les as, répond le Madrilène plus fier que jamais.

— Ça me va, rétorque le Basque.

— Battu, répond le Cubain en écrasant son jeu.

— J'ai mieux : carré de roi, dit le Mexicain en se levant de table et en ramassant les billets.

À ce moment précis, Mario lui ne peut plus se lever. Comme si la foudre venait de le frapper en plein cœur. Comme si le nœud de sa cravate venait de l'étouffer. Un carré ? Mais c'est impossible ! se répète-t-il un bon millier de fois.

Les joueurs abandonnant la salle, le jeune homme reste prostré sur sa chaise. Ce soir, il va probablement manquer le couvre-feu maternel. Toutes ses économies viennent de s'évaporer dans une bouffée de cigare. Une nouvelle raison pour méditer son erreur, le jeu pour lui c'est bien fini.

À quelques mètres du Piccadilly, dans l'arrière-chambre d'un vieux bar, les nouveaux bourreaux du Madrilène se retrouvent pour partager la mise. Ils l'ont bien eu ce jeune novice si mal habillé. Ce sont des professionnels de la triche, qui ont su perdre une fois pour ensuite mieux gagner, en truquant leur jeu.

Le Madrilène ne saura jamais rien de l'entourloupe et il travaillera une année entière, presque pour rien.

Mais bien au-delà de l'argent perdu, c'est une nouvelle leçon que Mario gagnera.

* * *

L'orage des examens passé, Aurélien retourne à son idée fixe qui porte le nom d'un succulent désert : La Charlotte. La jeune fille n'a pas eu autant de chance que son prétendant, puisqu'un 8/20 lamentablement ramassé aux examens, coupe les cordons de la bourse parentale. La conséquence en est, une interruption des week-ends à Londres jusqu'à nouvel ordre. Et ceci fait bien les affaires d'un Aurélien qui va enfin pouvoir mettre en place sa stratégie.

Retrouvons les deux individus dans un cadre familier (du moins pour Aurélien), celui de la cafétéria de la fac :
— J'organise un cocktail vendredi prochain pour fêter la fin des examens, tu peux venir ? demande le Parisien à qui les frisettes blondes donnent de plus en plus des allures de surfeur californien.
—Vendredi-vendredi laisse-moi consulter mon agenda, tu comprends je suis très demandé n'est ce pas….hum-hum, vendredi c'est ok à quelle heure ? répond facétieusement la jeune fille dans un sourire charmant et enchanteur qui convertirait un homo en hétéro.
— Canon ! rétorque aussitôt Aurélien dans une expression à double sens :

      1. L'adjectif qui selon lui décrit le mieux Charlotte.

      2. Une exclamation en signe d'approbation teintée d'un fort sentiment de joie.
—21 heures-21 rue Jouffroy, 2ème étage : Facile à retenir, on se voit vendredi alors !
Charlotte acquiesce. Même si dans son cœur il n'y a qu'un Britannique qui compte, le parental blocus londonien lui impose la chasteté pendant quelques semaines. Le blondinet l'a fait bien rire et c'est si agréable de se sentir courtisée. Elle se rendra comme prévu vendredi prochain rue Jouffroy…plus belle que jamais.

Après celle des examens, notre Parisien se retrouve face à une nouvelle problématique : déloger ses parents le temps d'un soir pour organiser clandestinement un cocktail dans leur appartement.

Mais l'étudiant en vétérinaire n'est jamais à court d'idées lorsqu'il s'agit de coups pendables…

Charlotte repartit en cours, Aurélien abandonne la cafétéria pour aller sonner à la porte de Colette, la sœur de sa mère, mais avant tout, sa bien généreuse et compréhensive marraine.

— Colette il faut que tu m'aides, je me suis en peu trop avancé en organisant un cocktail chez moi sans demander l'autorisation des parents. Si je devais l'annuler, ce serait catastrophique…

— Elle s'appelle comment ? Raconte-moi tout, je te connais comme si je t'avais fait.

Aurélien se lance dans une description aussi théâtrale que peu objective, de l'objet de tous ses désirs.

— Alors qu'est-ce qu'on fait pour vendredi ? Tu es sûre que cela ne vous dérange pas toi et Roland d'inviter papa et maman à dîner ? demande le jeune homme, dans un nouveau style grammatical : La question-affirmation-proposition….surtout ne dis pas non !

C'est ainsi que grâce à un fougueux plaidoyer en faveur de la beauté de Charlotte, Aurélien convainc sa marraine d'entrer dans sa combine.

Maintenant que le décor est planté, reste le plus difficile : séduire les acteurs. Charlotte est à l'heure : 21 heures l'interphone du 21 rue Jouffroy sonne.

— 2ème étage gauche, répond la voix d'Aurélien.

— Ok, je monte.

Un énième regard dans la glace, un rapide passage de brosse dans ses bouclettes, un zeste de parfum appliqué dans le cou et le Parisien se tient prêt à recevoir ses invités.

— Tu es la première ! dit le maître de maison ouvrant la porte à la jeune fille, plus sexy que jamais avec sa mini jupe et son petit gilet noir façon Agnès b, porté à même la peau.

— Il semblerait que je n'ai pas trop de chance avec mon cocktail, deux copains viennent de m'appeler pour se décommander. Mais toi, tu es là, c'est le plus important ! Assis-toi, je te sers en verre ? demande Aurélien se dirigeant vers la table de repas adossée au mur pour l'occasion et revêtue d'une nappe blanche (le maître de maison a bien fait les choses).

— Volontiers un petit pastis si tu as, cela me rappellera mes vacances en Provence de cet été.

— Pastis je n'ai pas, répond le Parisien un peu énervé par l'évocation des vacances donc du copain Britannique.

— Alors ce sera un whisky…. anglais bien sûr ! s'exclame la jeune fille se rendant compte de l'irritation du jeune homme, mais bien décidée à s'amuser.

— Anglais j'ai pas non plus, désolé, mais Irlandais oui, oh c'est presque pareil tu sais.

— Ça se voit que tu ne les pratiques pas !

— Pas trop envie de les pratiquer non plus, je préfère le produit national surtout quand il porte un nom de gâteau, dit Aurélien plus rouge que son pull et dans un éclat de rire.

— No comment, répond la jeune fille.

— Ok, je te sers tel Tom Cruise dans le film Cocktail : je remplis ton verre en espérant renverser ton cœur !

— Tu es très en forme Aurélien.

Ring-ring, le téléphone sonne une première fois.

— Oui salut Benoît, mais qu'est-ce que tu fais ? On t'attend ! Comment ça ta grand-mère vient de débarquer chez toi, tu peux pas me faire ça, le champagne est au frais et il n'attend plus que toi ! Bon ok je comprends, family

73

matters, tu vas le regretter, on va bien s'amuser, je te raconterai vieux, ciao. Aurélien raccroche.

— On fête quoi au juste, puisque tu parles de champagne ? demande Charlotte.

— Tes résultats aux examens !

— Très très drôle. Tom Cruise, au lieu de dire des bêtises resserre-moi de ce whisky IRLANDAIS, dit Charlotte à moitié affalée sur le canapé, ce qui déclenche une certaine nervosité chez son hôte, qui n'a jamais autant voulu autant se transformer en accoudoir de sofa.

Ring-ring, le téléphone sonne une deuxième fois.

— Quel succès dis-donc ! s'écrie Charlotte dans un petit éclat de rire.

— Cette fois-ci c'est toi qui es très drôle, répond Aurélien en décrochant le combiné.

— Comment ça Stéphane ? Toi aussi ! Vous vous êtes passé le mot ou quoi ? Je n'ai que des annulations ce soir ! Nouveau désistement à la dernière minute d'un des meilleurs amis de Parisien.

— Si on débouchait le champagne pour fêter ce nouveau plantage ? demande Charlotte sur un ton ironique.

— Plantage de tes examens ou de mon cocktail ?

— T'es con mais t'es drôle, alors elle est ou cette roteuse ? dit Charlotte finissant son whisky.

Ring-ring le téléphone sonne une nouvelle fois, Aurélien décroche et sans laisser parler son interlocuteur il se lance dans un monologue :

— Oui laisse-moi deviner : ton chien vient de faire une crise d'urticaire et vu que tu es seul à la maison ce soir, la vie de cette pauvre bête ne dépend que de toi, donc tu ne pourras pas venir à mon cocktail ce soir, je comprends, merci d'appeler.

— Vous êtes Monsieur Marchand fils je suppose ? C'est Monsieur Fuzillier à l'appareil. Pourriez-vous dire à votre père qu'il peut passer au cabinet demain matin, j'y serai.

— Oups pardon Monsieur Fuzillier je vous ai pris pour quelqu'un d'autre. Je transmets le message à mon père aucun problème. Au revoir Monsieur et encore désolé pour la confusion.

Éclats de rire presque simultanés des deux jeunes étudiants. C'est souvent dans ces moments de complicité que naissent les plus belles histoires.

— Monsieur Fuzillier c'est l'avocat de mon père, quelle honte ! J'espère qu'il ne lui dira rien demain.

— Rien de quoi ? Tes parents savent que tu organises un cocktail chez toi, non ?

— Oui bien sûr…

Cette fois-ci, la sonnerie du téléphone est bien venue.

Elle sauve Aurélien d'une confuse explication.

— Bonsoir Stéphanie, tu vas bien.

Silence. Explications de ladite Stéphanie sur les raisons pour lesquelles elle ne pourra se rendre ce soir rue Jouffroy.

— Pas de problème, gros bisous et on se voit lundi.

Aurélien glisse sur le canapé, l'air songeur, rêveur et « looser ».

— T'en fais pas, ça arrive ce genre de chose en tout cas moi je m'amuse bien, lui lance Charlotte sur un ton de consolation presque maternelle.

— Je suis très déçu. Regarde j'avais tout préparé, lui répond son hôte en montrant les petits fours et la nappe blanche.

— Je n'ai rien de prévu après ce cocktail, on dîne ensemble si tu veux ?

BINGO ! Le plan d'Aurélien marche à merveille. Ses amis l'ont appelé comme prévu pour se décommander, les uns après les autres. Charlotte, un tantinet naïve, n'a pour l'instant rien compris de la supercherie. Mieux encore, elle est presque attendrie par les déboires du Parisien….le plus dur semble fait.

— Ok je réserve dans un resto sympa tenu par des copains égyptiens. Au moins je suis sûr qu'ils ne se décommanderont pas eux, dit le jeune homme le téléphone une nouvelle fois dans les mains. Mais si cela ne t'embête pas, on va ranger avant de partir, j'ai promis à mes parents de leur rendre l'appartement comme ils l'avaient trouvé en partant.

Aurélien ne peut mieux s'exprimer : s'il veut garder la confiance de ses parents et la complicité de sa marraine, il n'a pas d'autre solution que de balancer les petits fours à la poubelle. Heureusement qu'ils étaient périmés depuis six mois, pense-t-il en remplissant le vide ordure.

Une fois les traces du crime soigneusement effacées, les deux jeunes gens se retrouvent dans la pizzeria Travolta, qui comme son nom ne l'indique pas, est bel et bien tenue par de fort sympathiques Égyptiens.
Aurélien en habitué du site est reçu à bras ouverts, ainsi que sa « Guest Star », la charmante Charlotte.
Une pizza calzone et un plat de spaghetti carbonara plus tard et on retrouve dans le romantique décor de la pizzeria Travolta, Roméo et Juliette sur le point de commander un dessert.
Aurélien quelque peu nerveux joue avec la salière depuis de début du repas.
Il en oublierait presque qu'il est justement allergique...au sel.
— Tu sais Charlotte, je vais te confesser quelque chose : cette soirée passée rien qu'avec toi vaut bien plus que tous les cocktails du monde.
— T'es mignon tu sais, moi aussi je passe un très bon moment.
— La semaine prochaine peux-tu m'accompagner à une soirée qu'organise le copain de ma sœur ?

— La semaine prochaine ce n'est pas possible, je fais le mur direction London ! J'ai l'intention de dire à mes parents que j'irai passer le week-end chez une copine pour travailler, mais en réalité c'est outre-Manche que je serai.

La salière n'a pas résisté longtemps à ce nouveau coup de Trafalgar. Aurélien se retrouve avec du sel plein la table et plein les mains. Dans un moment de panique, il se frotte le visage. La transformation est immédiate : quelques boutons, des joues qui gonflent, les yeux rouges myxomatose et le visage en sueur. Charlotte n'est plus en face de Roméo-Docteur Jeckill, mais bien d'un Mister Hide-Elephant man !

— Aurélien, mais qu'est-ce qui t'arrive ?

— Comme tu peux le voir le fait d'évoquer Londres me donne de l'urticaire. Tu m'excuses quelques secondes, je reviens tout de suite.

Les toilettes de la pizzeria Travolta sont le théâtre d'une cellule de crise au sommet, au sujet du faciès d'Aurélien.

— Miroir, joli miroir dis-moi que je suis le plus beau, plaisante le jeune homme pour se tranquilliser, contemplant un visage complètement déformé par l'allergie.

Côté restaurant, les minutes s'écoulent et Charlotte, toujours attablée, fait face à une chaise désespérément vide.

Mais il est où mon homme invisible ? pense la jeune fille de plus en plus anxieuse, alors que le restaurant se vide lui aussi.

Côté toilettes, le pauvre Aurélien n'en finit plus de se lamenter de son sort.

— C'est pas possible, mais quelle malchance ! D'abord elle m'annonce qu'elle va retrouver son roast-beef le week-end prochain, et ensuite je deviens l'incroyable Hulk !

Quarante minutes plus tard, le jeune homme, au visage quelque peu recomposé, revient à l'affiche du restaurant Travolta.

— Enfin ! Je commençais à m'inquiéter, tu as tout de même une meilleure mine maintenant.

— Charlotte, tes compliments me vont droit au cœur, mais il va falloir qu'on y aille. Je suis allergique au sel et, faute de médicaments d'ici peu, je ne passerai sans doute plus le pas de la porte.

— À ce point-là ? Je ne n'aurai pas dû mettre mon grain de sel dans ta vie.

— Très très drôle jeune fille...Bon je paye et on y va, ok ?

— Pas la peine, c'est moi qui t'invite. J'ai eu le temps de le faire, pendant ces trois-quarts d'heure…

— Merci beaucoup Charlotte, tu n'aurais pas dû !

— Oh tu sais l'addition était très salée, mais ce n'est pas grave.

— Et en plus elle continue avec ses mauvais jeux mots…

— Tu m'inspires que veux-tu ! J'essaye simplement de te faire rire pour que tu oublies ton urticaire.

— Je suis vraiment navré de ce contretemps. La première partie de soirée était si agréable…

— Tu veux dire l'énorme succès de ton cocktail ?

— Ça suffit Charlotte !

— Si mon plan Britannique tombe dans la manche je viendrai à ta soirée la semaine prochaine, c'est promis.

À ce moment précis, Aurélien n'a jamais autant souhaité que la Manche devienne un océan infranchissable.

— Je te trouve un taxi, ce soir, c'est moi le Cendrillon qui doit rentrer avant minuit, sous peine de se transformer en citrouille-épouvantail.

Il commença à neiger sur Paris.

Les deux étudiants après de chaleureux au revoir, se quittèrent sous les flocons. Aurélien un peu déçu par le dénouement final de la soirée, Charlotte à la fois rêveuse et songeuse. Le jeune Parisien, même transformé en dinosaure du jurassique, ne la laisse pas complètement indifférente…

* * *

« Mens sana in corpore sano - Un esprit sain dans un corps sain », nouvelle référence romaine pour introduire une étape cruciale dans la vie de Mario. Le sport aurait-il les vertus suffisantes, pour assainir un esprit tourmenté et influençable ? C'est bien ce que pense Madame Santiago en inscrivant son fils au FC Acacias, petit club de foot des quartiers Sud de Madrid. Entre l'atelier de menuiserie la semaine, les entraînements du samedi et les matchs du dimanche, mon fils aura un emploi du temps tellement chargé, pense-t-elle, qu'il ne laissera aucune place aux errements du passé.

Une nouvelle fois, c'est un jeu qui va rythmer la vie de notre Madrilène. Mais à présent, cela semble être pour son bien.

Comme beaucoup de jeunes presque élevés dans la rue, Mario « tape dans le ballon » depuis sa plus tendre enfance. Il le fait d'ailleurs plutôt bien, aidé par sa constitution physique.

À peine arrivé dans le club et dès les premiers entraînements, Mario se dépense sans ménagement, comme si sa vie en dépendait. C'est un opportun défoulement, bien venu après les malheurs qui ont jalonné sa courte vie.

Au club, on admire sa technique, mais surtout son courage et son dévouement. On l'admire tellement que, dès le premier mois, il intègre l'équipe première. Espérant ainsi qu'il parviendra à redresser une situation compromise, où le FC Acacias au plus mal économiquement, joue sa survie sportive dans les derniers matchs du championnat.

Sur le papier Mario joue à un poste de défenseur, mais son implication sur le terrain est telle qu'il va devenir en quelques semaines le meilleur buteur, puis le capitaine de son équipe.

Le FC Acacias portait déjà un nom de fleur, avec Mario il vient de trouver sa perle.

Le Madrilène devenant le principal artisan de la reconquête du modeste club, que déjà les sirènes des tout puissants Real Madrid et F.C. Barcelone se font entendre. Mario ne reste pas insensible au tourbillon qu'il traverse. Il prend conscience de ses qualités hors normes. Ce regain de confiance a cependant un côté pervers, dans lequel il ne faut qu'un pas pour succomber : l'arrogance. Ce n'est pas encore le cas du jeune homme, mais le risque est bien présent si le succès continue à l'accompagner. Comme au temps révolu du Piccadilly et de sa salle de jeu, l'apprenti menuisier n'a qu'un désir en tête : que le week-end arrive pour enfin enfiler ses chaussures à crampons et faire une nouvelle fois triompher le FC Acacias.

Pour Mario, c'est une heureuse étape de sa vie qui commence. Il est heureux et cela se voit. Tellement heureux, qu'il va aussi pour la première fois tomber amoureux.
D'origine espagnole, elle est née au Pays Basque français. Elle est blonde comme les blés et porte à merveille de splendides yeux verts. Arrivant tout juste à l'épaule du puissant Mario, la belle se prénomme aussi comme une marque de voiture : Mercedes. Durant toute sa jeunesse passée à Bayonne, on n'a cessé de se moquer de son prénom. En Espagne Mercedes c'est courant, mais en France cela l'est beaucoup moins. Avec malice, Mercedes répondait aux impertinents qu'il y a bien des garçons qui s'appellent Renaud…comme la voiture non ?

La jeune Basque a le sens de l'humour. Elle ne pouvait pas mieux tomber pour aiguiller la triste vie de notre Madrilène. Mercedes, c'est la chef de la buvette du FC Acacias. Mario avait par conséquent plus d'une raison pour aller se désaltérer après les matchs…Cafêt' de la fac de médecine à Paris, buvette du FC Acacias à Madrid : l'amour et la soif traversent les frontières !

C'est donc grâce à un club de foot que les deux amoureux se sont rencontrés. Quand Madame Santiago pensait au dicton « esprit sain dans un corps sain » en inscrivant son fils, elle ne pensait pas si bien dire. Avec cette idylle naissante, c'est un esprit sain dans un COEUR sain qu'il faut maintenant penser !

Mario a un travail stable, une mère attentionnée et maintenant deux nouvelles passions : Football et copine. C'est un homme comblé.

C'est la dernière journée du championnat et il faut absolument une victoire du FC Acacias pour jouer les barrages, ces fameuses « parties de la dernière chance » qui vont peut-être permettre au club de passer en deuxième division, l'antichambre du professionnalisme. Les plus puissantes équipes ont dépêché, pour cette partie, des espions afin d'observer le phénomène à l'origine des succès à répétition du petit club. Si Mario fait un grand match, son employeur ne sera plus un confectionneur de marionnettes, mais bien le Real Madrid.
Quelle consécration sociale pour un enfant de la rue.

Une fois de plus Mario est aux portes du paradis, mais cette fois-ci il en a les clés. Madame Santiago, qui a sorti sa plus belle parure pour assister aux exploits de son fils, assistera à ce combat sur herbe.
Le jeune homme commence enfin à croire en sa bonne étoile.
Quelques heures avant le match, Mario fait son détour traditionnel par la buvette pour retrouver sa Mercedes.

— Tu sais quoi ? Et bien j'ai peur ! lance le Madrilène en survêtement le front dégoulinant de sueur.

— Mais de quoi ? répond Merce.

— Peur, parce que chaque fois que j'ai touché au bonheur, il s'est enfui comme un misérable, comme un malpropre, comme un voleur. Aujourd'hui je suis heureux, et après ce match si on gagne, je le serai encore plus. Mais j'ai l'intuition que cela ne va pas se passer aussi facilement. Comme chaque fois que j'ai été aux portes du bonheur.

— Si seulement je pouvais t'aider tu sais bien que je ferai n'importe quoi.

— J'ai déjà commis tellement d'erreurs dans ma vie que je redoute le piège qui va à nouveau se dresser devant moi et dans lequel je vais à nouveau me faire prendre… presque comme d'habitude.

— En parlant de piège en tout cas moi je suis bien tombé dans le tien et ça je ne le regrette pas !

— Si seulement cette fois-ci rien ne pouvait m'arriver. Si seulement je pouvais enfin profiter de mon bonheur sans redouter le pire. Si seulement Dieu pouvait avoir enfin pitié de moi !

— Je ne suis pas Dieu mais là je commence vraiment à avoir pitié de toi. Arrête ton discours, tu vas me faire pleurer. Va plutôt t'échauffer et gagne ce match, sinon tu seras privé de buvette !

— Mercedes tu es vraiment géniale.

— C'est toi qui vas être génial en entrant en survêtement et chaussures de ville sur la pelouse, va vite te changer et remporte-moi ce match !

— D'accord je vais le faire pour toi.

Mario se dirige vers les vestiaires quand tout à coup une main saisit fermement son épaule.

— Aï Merce tu m'as fait une de ces peurs !

— Je voulais simplement te dire quelque chose.

— Quoi donc ?

— Sache qu'après ce match même si tu le perds tu n'auras pas tout perdu…, puisque moi je serai là.

— Te quiero

— Et moi encore plus !

Les joueurs rentrent sur la pelouse, l'air grave et concentré. Le soleil resplendit et les uniques zones d'ombres sont celles affichées sur le visage des protagonistes de cette après-midi. À les observer attentivement on devine que la tension est bien présente.

Les quatre-vingt-dix minutes qui vont se jouer représentent le tragique dénouement d'une longue et douloureuse saison, tant pour le FC Acacias que pour son adversaire du jour : le FC Tolède.

Justement Tolède, est la ville où Mario passa ces quatre années d'emprisonnement pour sa « bêtise taurine ». La vie de ce jeune homme est faite de signes qui ne cessent de s'entrecroiser.

Revenons au sujet sportif du jour. L'équipe qui perdra ce match verra son rêve de professionnalisme ajourné d'au moins une saison, si ce n'est plus. Cet après-midi beaucoup de joueurs vont jouer la partie de leur vie. Mario se trouve au centre du terrain, effectuant la traditionnelle remise de fanions, privilège réservé aux capitaines de chaque équipe. Puis c'est le coup d'envoi, donné symboliquement par un grand notable : le secrétaire d'un délégué de l'adjoint au maire de Madrid.

Très vite les hostilités commencent par un shoot des vingt mètres de l'avant-centre du FC Acacias détourné par le gardien adverse. L'équipe de la capitale se sent en confiance et veut en découdre le plus rapidement possible. Deux minutes plus tard, c'est un coup franc bien placé, tiré par Mario mais habilement détourné par le gardien adverse. Les émissaires du Real Madrid noircissent leurs petits calepins. Mario et ses camarades seront sur les tablettes du prestigieux club, s'ils gagnent ce match de belle manière.

On joue seulement depuis vingt minutes, et il faut déjà changer le ballon. Il n'a pas résisté à la cadence infernale de la partie et c'est en finissant sa course sur un grillage des abords du terrain, que sa chambre à air a bien tristement rendu l'âme. À ce rythme là, bientôt ce sera tous les joueurs qu'il faudra changer : eux aussi vont manquer d'air.

Un centre au premier poteau d'un virevoltant ailier du FC Acacias que Mario reprend du peu de cheveu qu'il lui reste sur le crâne : HOURA !!! C'est le but libérateur qui met en liesse les tribunes du modeste club.

Madame Santiago qui ne connaît rien au foot, a tout de même compris que son fils était pour quelque chose dans l'action. Elle s'embrase dans les tribunes et étreint chaleureusement ses voisins, pourtant d'illustres inconnus il y a quelques minutes. Telle une mère orgueilleuse, elle crie bien fort : C'EST MON FILS !!

Mario est aussi très fier, bien qu'il ait du mal à reprendre sa respiration, après s'est retrouvé enfoui sous ce tas humain formé par ses camarades. Une autre façon bien chaleureuse de fêter son but marqué.

Les joueurs du FC Tolède n'ont pas dit leur dernier mot. Eux aussi portent les couleurs d'une ancienne capitale d'Espagne. Même s'il faut bien reconnaître que leur principal objectif est de taper dans le ballon pour taper dans l'œil d'un des espions du Real Madrid. Et ils le font plutôt bien avec cette percée dans la défense de leur attaquant de poche, l'insatiable Javier Fernandez, qui expédie un boulet de canon dans la lucarne des buts du FC Acacias.

C'est l'égalisation méritée à quelques minutes seulement de la mi-temps.

Mario et ses camarades regagnent les vestiaires un peu abattus par ce missile qui fait encore trembler les filets de leur cage de but.
Mais c'est en guerriers qu'ils reviendront sur le terrain, les crampons bien affûtés et la deuxième division en ligne de mire.

Mercedes est aux anges, durant la mi-temps la buvette a fait son chiffre annuel. Les coca-cola pris en début de match se sont transformé en whisky coca. Il y a de l'engagement sur le terrain, mais dans les tribunes c'est plutôt le foie qui est mis rudement à l'épreuve.
La deuxième mi-temps a commencé à tambour battant et le match devient une véritable partie de ping-pong, avec un ballon qui n'en finit plus de traverser puis retraverser le terrain.
Néanmoins, l'enthousiasme des spectateurs a beaucoup diminué. Le combiné magique : plein soleil et whisky coca semble avoir eu raison de leurs ardeurs supportrices. Il faudra un nouvelle brillantissime action individuelle de Mario pour leur rappeler qu'ils sont bien à un match de foot et non dans un bar à tapas.

Il reste un quart d'heure à jouer et le marqueur affiche toujours : 1-1. Si on en reste là, il faudra se départager par la cruelle séance des tirs aux buts. Le nom de Mario est déjà entouré, souligné, paraphé sur tous les calepins des émissaires présents dans les tribunes. Eux sont restés au coca-cola du début de match, et ils n'ont rien perdu des dribbles endiablés, des feintes ajustées et de l'esprit de combativité du Madrilène.

Le talent de Mario est sur le point d'être reconnu.

Plus qu'une minute avant la fin de la partie : les nerfs et le cœur des joueurs sont à bout. Mario slalome dans la surface de réparation adverse, comme s'il voulait à lui seul gagner ce match. Un défenseur, puis deux, puis trois, il efface tour à tour chaque obstacle se dressant devant lui.

Le public retient son souffle, Madame Santiago prie à nouveau.

Voilà Mario se présentant tout seul devant le gardien de but adverse. Il a dans ses pieds la balle de match, quand tout à coup, il s'écroule fauché par un défenseur revenu à toute allure pour freiner la percée de notre meneur de jeu.

L'arbitre siffle le penalty.

C'est le délire dans le camp du FC Acacias, comme si ce sifflet était déjà synonyme de victoire. L'ambiance dans les tribunes est comparable à celle du carnaval de Rio, sur le terrain on se croirait aux fêtes de Pampelune.

Mais Mario, lui, reste à terre

.

Pendant les deux minutes d'euphorie passées après le sifflement du penalty, personne n'est venu se préoccuper de sa santé.

Mario gît sur le terrain comme s'il renonçait à se relever.
Mario gît sur le terrain comme s'il devinait que son rêve était brisé.
Mario gît sur le terrain, une cheville et le tibia cassés.

Après ces minutes passées au septième ciel, les joueurs s'approchant de leur héros déchu, retombent sur terre.

Leurs visages se ferment à la vue des fractures ouvertes de Mario. Le soucieux regard du soigneur, examinant minutieusement la jambe blessée, ne les réconforte guère. C'est sur une civière que Mario quitte le terrain de ses rêves. Madame Santiago avait compris avant tout le monde. Ses prières furent pour son fils. Alors que Mario courrait au but, elle redoutait que le malheur le frappe. On dit que les mères ont un sixième sens pour leurs enfants…

Dans l'infirmerie, Mercedes accourt aussitôt au chevet de son héros blessé.

— Tu vois Merce je te l'avais dit, mon pressentiment s'est une nouvelle fois révélé exact. Ma carrière de footballeur est aussi brisée que ma cheville, dit Mario retenant ses larmes.

— Et toi tu me brises le cœur en me disant tout cela.

— Pourquoi ? Pourquoi ? Pourquoi tant de malheurs ? Mais qu'est-ce que j'ai fait au bon Dieu, bon sang !

— Je suis tellement désolée pour toi, c'est vraiment injuste.

— Mais c'est ma vie qui est une gigantesque injustice !

— Mario n'exagère pas, quand même.

— Et c'est la vérité ! Je n'ai que des problèmes, que des soucis, que des malheurs.

— Quoi ? Il n'y a jamais rien eu de positif dans ta vie ?

— Non vraiment rien. Rien de rien.

— Cherche bien Mario…

— Vraiment rien je te le dis !

— Et moi ?

—Pardon Mercedes, mais aujourd'hui ce n'est pas ma journée.

—Je t'avais dit que, quoi qu'il arrive, je serai là après le match. J'ai tenu ma promesse…

C'est dans l'infirmerie du club que le jeune Madrilène apprendra qu'il n'a pas eu les os cassés pour rien, puisque le penalty sera marqué et que le FC Acacias jouera en deuxième division l'année prochaine…mais sans Mario qui mettra de longues années à se remettre de sa blessure.

Après ses nombreux malheurs, c'est cette fois-ci une blessure physique qui marque la vie du jeune homme.

Il est des cicatrices indélébiles, celles de sa cheville et de son tibia le resteront à jamais, dans son corps et dans son cœur.

Le lundi suivant Mario retournera sur des béquilles à son travail.

Le Real Madrid fut un rêve, l'atelier de confection est une réalité.

Retour sur Paris.

L'hiver est venu confirmer une tendance déjà marquée par l'automne : Aurélien ne sera jamais vétérinaire s'il continue à rejoindre le chemin de la cafét' plutôt que celui de l'amphithéâtre. Le couperet des examens du milieu d'année est tombé. Après un 16/20 acquis frauduleusement, Aurélien honnêtement vient de récolter un 4/20 bien mérité. De mémoire de doyen de faculté, on n'avait jamais vu ça : arriver à la moyenne avec un aussi grand écart de notes ! Décidément le jeune Parisien est venu à la fac pour battre des records.

À vingt ans, Aurélien se retrouve à un carrefour important dans sa destinée. Que va-t-il faire de sa vie ? Ou plutôt que veut-il faire de sa vie ? Il trouve en Charlotte, un but mais aussi une confidente attentionnée à ses problèmes existentiels. Même si celle-ci a pris l'abonnement Eurostar pour aller « perfectionner » <u>son</u> anglais, elle apprécie également les moments passés avec son amant platonique.

Alors que l'on donne dans l'amphithéâtre un cours importantissime, retrouvons les deux êtres en pleine conversation, seuls au monde et autour d'un espreso.

— Charlotte je vais te raconter une histoire qui a bien failli changer le sens ma vie. Seulement il faut que tu me promettes, que ce que tu vas entendre, restera entre nous et à tout jamais, lance le blondinet.

— Croix de bois, croix de fer, si je mens je vais en enfer. Tu peux compter sur moi ça ne sortira pas de la faculté.

— Hum ?

— Je rigole bien sûr ! Allez vas-y raconte, tu me tiens déjà en haleine, je veux savoir le pourquoi du grand secret.

— Écoute bien, l'histoire en question s'est passée juste au moment où tu me faisais des infidélités avec ton anglais cet été.

— Tu commences mal Aurélien ! Je ne te faisais pas d'infidélités, puisque qu'à cette époque nous ne nous connaissions pas. Mais laisse mon Andrew tranquille et raconte plutôt ce qui t'est arrivé.

— Août 1989, je vais sur la côte d'azur avec un copain et un cousin. Comme tous les soirs, on se retrouve au petit Niçois pour siroter au bar notre Malibu orange, comme trois gentils post adolescents. Quand tout à coup une Ferrari se gare juste devant le bar, et qui en sort ? Le sosie de Paul Newman.

— C'est pas vrai ? Quelle histoire !

— Arrête un peu avec ton ironie. Je te garantis qu'après ce que tu vas attendre, tu me regarderas d'un autre œil.

— Continue vite alors.

— Cet homme d'une cinquantaine d'années braque tous les regards dès son arrivée. C'est ce que l'on appelle le charisme. Le plus drôle étant, qu'il vient s'asseoir juste à côté de nous et engage aussitôt une conversation. Nous étions fascinés par ses dires. John, anglais d'origine comme TON Andrew avait vécu aux quatre coins du monde et avait connu tous les grands de ce monde. Une vie qui en vaut dix. Avec nos dix-neuf années, passées pour une grande majorité sans jamais sortir au-delà du périphérique parisien, nous faisions pâle figure.

— Et vous l'avez cru ?

— Il existe des personnes qui tu croirais et que tu suivrais au bout du monde, simplement parce qu'elles te mettent en confiance. John a ce don-là. Nous étions comme hypnotisés par ses récits. Il faut reconnaître que le champagne aidait également à faire passer la pilule : En trois heures on s'est sifflé trois Veuve Clicquot, toutes bien entendu, offertes par notre généreux conteur.

— Pas mal et alors ?

— A quatre heures du mat, John change brusquement de conversation et nous demande si nous étions prêts à vivre l'expérience de notre vie !

— Rien que ça ?

— Le problème étant, que pour vivre l'expérience en question il fallait faire confiance à John et embarquer presque aveuglement dans son automobile.

— Vous n'avez pas eu peur ?

— Justement. On s'est regardé, et sans rien se dire, nous avons pensé : quel est le risque ? Nous sommes trois et il est seul. Dans le pire des cas, on part avec sa Ferrari !

— Bien courageux les copains.

— C'est ainsi que nous voilà emboîtés comme des sardines sur le siège de la superbe Ferrari d'un inconnu, voguant vers la destination « connaît pas ».

— Au bout d'une heure de trajet, l'effet veuve Clicquot s'estompant, la vue de l'arrière-pays niçois sème le doute dans nos esprits. « John, mais où nous emmènes-tu ? On s'est beaucoup éloigné ». « Quiet », nous répond l'anglais, « dans peu de temps vous allez connaître l'expérience de votre vie ».

— J'y crois pas ! dit Charlotte interloquée.

— Et tu n'as encore rien entendu. Après une nouvelle heure de voiture, nous voici au beau milieu d'une forêt, alors que le jour se lève à peine.

— On dirait un film de catastrophe.

— Cela en est presque un. Au beau milieu de la forêt, on retrouve un brin de civilisation avec les lumières d'une gigantesque discothèque surgie de nulle part. L'hallucination ! Tout juste sortis de la Ferrari et récupérant de nos courbatures que les néons bleus, affichant le nom de la boîte de nuit, nous ramènent à la dure réalité : MEN DISCOTECUS.

— Oh là là le piège !

— C'est cela même. Je n'aurai jamais cru pouvoir en venir aux mains avec le sosie de Paul Newman, mais c'est bien ce que j'ai failli faire, à quelques mètres de l'entrée. « On ne mange pas de ce pain-là John, on aime bien les hommes, mais comme copains pas plus ! Alors maintenant

93

tu nous ramènes tout de suite au petit Niçois », lui dis-je sur un ton menaçant. « Tranquilo, tu vas voir Aurélien ce sera l'expérience de ta vie, ne t'en fais pas. » Nous entrons donc dans ce hangar de l'au-delà, après que John ait filé un gros billet au videur au look petite moustache et cuir noir, tout droit échappé du groupe « Village people ».

— Tu veux pas plutôt dire : Village pipot ?

— Crois-moi cette histoire est vraie, je te le promets.

— D'accord je te crois, mais c'est conteur d'histoire plutôt que véto que tu devrais faire !

— Merci Charlotte, écoute la suite, ce n'est pas encore fini. À peine rentrés, on nous dirige vers des vestiaires comme si on allait jouer une partie de football. Je lève la tête et découvre, écrit au marqueur rouge au dessus de nos têtes, l'immanquable : ICI NOUS N'ACCEPTONS PAS LES VETEMENTS.

— Quoi ?!

— Tu comprends mieux pourquoi je voudrais que cette histoire reste entre nous ?

— INCROYABLE.

— Mais vrai. Cette fois-ci, c'est mon cousin qui se dirige vers John : « Il est hors de question qu'on se mette à poils, tu nous ramènes à Nice c'est non négociable ». « Vous pouvez rester un caleçon si vous le voulez, faites-moi confiance, vous ne le regretterez pas », nous dit John.

— Je ne comprends pas pourquoi vous n'avez pas été plus ferme avec lui.

— Justement Charlotte. À ce moment très précis on a demandé à John un temps mort, pour faire à trois un petit conciliabule. Le problème est que nous étions à au moins deux heures de Nice et complètement incapables de localiser l'endroit où l'on se trouvait. En d'autres mots, nous n'avions plus d'autres choix que de suivre notre amphitryon, et de lui faire confiance…

— D'accord je te suis maintenant.

— Et voilà que nous suivons notre John, torses nus, au beau milieu d'une torride salle de danse remplie d'hommes dans leur plus simple appareil.

— C'est vraiment fou comme histoire ! Mais puisque tu es encore là pour la raconter, j'imagine que la fin est heureuse ?

— Si l'on veut…

— Continue vite alors Freddie Mercury…

— En parlant de musique celle du *Men discotecus* nous faisait littéralement exploser les tympans. C'était un mélange de tecno, hard rock, heavy metal, le tout assaisonné de cris bien douteux.

— C'est vraiment « au-delà du réel » ce que tu as vécu.

— Et nous trois, en se suivant en file indienne, on ressemblait à des envahisseurs.

— J'imagine la scène. Et à ce moment là, à quoi pensais-tu ?

— Que j'aime les femmes !

— C'est un bon test, non ?

— Oui, mais ça je le savais avant. Pas besoin de venir dans une forêt de l'arrière pays Niçois pour le découvrir !

— Je n'arrive toujours pas à comprendre pourquoi vous ne vous êtes pas plus rebellés ?

— Justement en plein milieu de la piste de danse, cette fois-ci c'est mon pote Jean-Gab, qui interpelle notre meneur en ces termes : « John où nous emmènes-tu ? Ce n'est plus drôle DU TOUT ».

— Ha quand même.

—L'anglais répondit : « Je vous avais promis l'expérience de votre vie, vous allez l'avoir, suivez-moi, on va au premier étage ».

— D'accord.

— On suit donc John en n'en menant pas large en direction du premier étage, dans un escalier, un escalier ha… ha j'ai oublié le nom, tu sais un escalier qui tourne comme ça…

95

— Oui bien sûr un escalier en colimaçon, c'est ça ce que tu veux dire.

— Tu connais cette boîte alors Charlotte ?

— Quoi ?

— Mais oui tu fais partie de ce club.

— Hein ?

— Tu connais la boîte, puisque tu savais parfaitement qu'il y avait un escalier en colimaçon au bout de la salle.

— C'est une blague ou quoi ?

— Charlotte tu aurais du me dire avant que tu connaissais le *Men discotecus* !

— Elle est finie ton histoire ?

— Oui elle est finie.

— Je ne le crois pas !

— Et oui. C'est simplement un conte pour faire travailler ton imagination et pour se moquer de celui qui dit « en colimaçon » comme s'il connaissait l'endroit. Exactement comme tu viens de le faire.

— Ce n'est donc pas vrai ce que tu me racontes depuis une demi-heure ?

— Non désolé, ce n'est pas vrai.

— Je me suis bien fait avoir.

— Ça ne loupe jamais !

— Et en plus je suis vraiment déçue par la chute de l'histoire.

— C'est ce que tout le monde dit.

— Mais vraiment, vraiment déçue.

— Le plus drôle en fait, c'est de la raconter.

— Mais moi j'aurai bien aimé savoir ce qu'il y avait au premier étage du *Men discotecus*.

— Si tu veux on y va cet été.

— Non merci je préfère Londres.

— Et vlan prend ça ! Quel retour à la réalité.

— Tu me fais beaucoup rire Aurélien, chaque fois que je suis avec toi, je suis bien, dit Charlotte en posant un affectueux baiser sur le front d'Aurélien.

— Merci.

— Mais il faut que je file je vais rater mon Eurostar, dit la charmante jeune fille en déposant un franc sur le coin de la table, pour payer son espreso.

— Touché-Coulé…et en plus dans la Manche, répond Aurélien le regard aussi vide que sa tasse de café.

* * *

Pendant ce temps-là à Madrid…

Mario remarche à nouveau, mais il ne court plus. C'est toujours un grand assidu du FC Acacias…mais du côté buvette, n'hésitant pas à enjamber le comptoir les jours de grosse affluence afin de prêter main forte à Mercedes. Le Madrilène est devenu chef de la section marionnette dans son atelier de confection, et cette promotion fut accompagnée d'une jolie augmentation.

Malgré ces réjouissances, Mario n'a toujours pas trouvé le bonheur. Sa vie, telle une montagne russe, a si souvent connu hauts et bas, que pour le Madrilène la tranquillité est devenue le synonyme d'ennui. Le jeune homme vient de prendre une décision, et c'est ce soir en invitant à dîner mère et copine, qu'il va la leur communiquer.

Nous sommes dans le quartier le plus cosmopolite de Madrid : Lavapiès. Ici restaurants Marocains, magasins Chinois et passants Sud-américains nous font oublier que nous sommes en plein cœur de la péninsule Ibérique. C'est un véritable creuset multiculturel à quelques pas seulement de la si belle et si traditionnelle, Plaza Mayor, centre historique de la capitale. Et ce n'est pas un hasard si Mario a choisi ce quartier pour emmener dîner les deux femmes de sa vie…

— Maman et Mercedes j'ai pris une décision et je voudrais vous en parler, dit-il l'apéritif tout juste commandé.
— Pourquoi n'attends-tu pas la fin du repas ? Le menu parait délicieux, et si c'est une mauvaise nouvelle, tu vas nous couper l'appétit ! reprit la malicieuse Mercedes, déclanchant le rire de celle qu'elle aimerait bien voir devenir sa future belle-mère.
— Je vais surtout commencer par commander du vin cela mettra tout le monde d'accord.

Après un agréable repas, marqué par les rires de Madame Santiago déclanchés par un « show Mercedes » racontant ses plus drôles expériences passées derrière la buvette, les desserts arrivent sur la table en même temps que la déclaration de Mario…

— Voilà, j'ai pris une importante décision, lança le jeune homme d'un ton décidé.
— Je t'arrête tout suite, coupe Mercedes, si tu veux me demander la main, tu fais les choses à l'envers, ce n'est pas à ta mère qu'il faut la demander mais plutôt à la mienne !
Nouvel éclat de rire des 3 convives. L'atmosphère se relâche, Mario reprend sa respiration.
—Merce, peux-tu rester sérieuse deux minutes ?
— Oui, si tu me resserres un peu de ce délicieux breuvage. Pour une fois que ce n'est pas moi qui sers à boire, il faut que j'en profite !
L'imprévisible Madrilène sort alors un petit papier griffonné de sa poche, comme il l'avait fait à sa sortie de prison. Cette fois-ci, c'est Madame Santiago qui retient son souffle. Le souvenir de la déclaration de son fils est toujours bien présent dans son esprit. Elle sait déjà que le message de Mario sera des plus importants.

« Je ne peux utiliser la prose pour vous dire ce que j'ai sur le cœur,
Veuillez donc accepter ces vers pour aider à affronter ma peur.
Vous êtes les personnes qui comptent le plus dans ma vie,
Mais j'ai l'appel du large et rester ici je n'en ai plus envie.
À Madrid par le passé j'ai si souvent souffert,
Que bien des fois cette ville fut synonyme d'enfer.
Vers des horizons nouveaux je veux voguer,
Et c'est dans la marine que je me suis engagé.

Je reviendrai d'ici peu je vous le promets,
Des souvenirs plein la tête et l'esprit apaisé. »

Madame Santiago partage la passion de son fils pour la poésie et c'est en le fixant qu'elle lui répond, en français dans le texte :
« *Oh ! Combien de marins, combien de capitaines*
Qui sont partis joyeux pour des courses lointaines,
Dans ce morne horizon se sont évanouis !
Combien ont disparu, dure et triste fortune !
Dans une mer sans fond, par une nuit sans lune,
Sous l'aveugle océan à jamais enfouis ! »

Un grand silence, *le silence de la mer*, vient ponctuer la fin du repas.
L'addition arrive, Mario la saisit et les convives se lèvent de table comme s'ils voulaient en finir au plus vite avec ce repas, commencé par des rires, mais terminé en queue de poisson.

Avant de quitter le restaurant, Madame Santiago embrassa chaleureusement Mercedes. Sur le pas de la porte, un dernier regard glacial en direction de son fils unique en dit long sur son état d'âme du moment. Dans la rue si bruyante du quartier Lavapiès, Mario et Mercedes marchèrent de longues minutes, côte à côte et sans s'adresser le moindre mot. Tous les deux perdus dans leurs pensées. L'un rêvant d'océans à perte d'horizon, l'autre pensant tout simplement à l'amour.
Puis le jeune homme interrompit ses songes d'éloignement en se rapprochant de Mercedes. La jeune fille lui appliqua un tendre baiser sur le front (elle aussi !) en guise de réponse.
— Mercedes laisse moi t'expliquer pourquoi il faut que je parte.

101

— On en reparlera un autre jour. Laisse-moi juste le temps de digérer le repas…et surtout ton poème.

— Merce, je ne t'ai pas tout raconté de ma vie et il y a des choses qu'il faudrait que tu saches.

— Que tu m'aimes à la folie ? Mais ça je le sais !

— Oui il y a cela, mais aussi tellement d'autres choses beaucoup moins drôles. Tu sais j'ai fait des bêtises dans ma jeunesse, et ma pauvre mère a payé pour cela.

— Vas-y dis-moi tout.

— J'ai souvent été victime de ma naïveté. Cela m'a conduit une fois à la ruine et une autre fois… à la prison.

— Rien que ça !

— J'avais quinze ans et je me suis laissé entraîner par une personne que je n'aimerais plus jamais revoir.

— Qu'est-ce que vous avez fait ?

— On a essayé de voler toute la recette d'une corrida, à La Ventas. Ça n'a pas marché, mais on a payé pour les si nombreuses fois où on avait réussi. Notre grand jeu à l'époque, c'était d'escroquer les touristes. Avec le bagou de mon acolyte, nous y parvenions tout le temps. Tu sais, j'ai honte à le dire, mais j'ai plus volé dans ma jeunesse qu'un albatros centenaire.

— Ça de toi ? Je n'arrive pas à le croire !

— J'ai beaucoup changé…mais le malheur lui continue à me poursuivre. Il y a eu mon éphémère passion pour le jeu qui a bien failli nous mettre sur la paille ma mère et moi et puis cette grave blessure, au moment où j'allais devenir le roi du foot. C'est pour tout cela qu'il faut que je change d'air, ne serait-ce que pour une courte durée. Je sais c'est dur à entendre, mais même avec toi et maman, je ne suis plus heureux ici. Je veux voir le monde et découvrir quelque chose de différent.

— Ça fait plaisir…

— Ne le prends pas mal Mercedes, je ne vais pas t'oublier je te le promets, mais ici crois-moi je ne suis plus heureux.

102

— En plus tu choisis la marine rien que ça ! Sinon je t'aurai bien accompagné. Tu sais je troquerai volontiers les liquides que je sers tous les jours, pour ceux de l'océan…

— Mercé, là c'est toi qui es devenu poétique !

— C'est sincère. Toi tu as peut-être changé, mais saches que tu as aussi changé ma vie. Que vais-je devenir sans toi ? Tu vas trop me manquer…

— Je reviendrai bientôt je te le promets, et nous serons encore plus heureux ensemble.

— On n'est pas déjà heureux ensemble ?

— Bien sûr, mais le problème ne vient pas de toi, ni de nous. Il vient de moi.

— Alors fais bien attention à toi. Et puisque c'est ton choix je ne peux m'y opposer.

— J'aimerai seulement que tu me comprennes Mercedes,

— Va donc mon Ulysse, là où le vent te mène. Je ne te promets rien mais j'essayerai de ne pas t'oublier…

— Te quiero Merce.

— Et moi encore plus.

Et les deux amoureux se séparèrent, alors qu'il commençait à pleuvoir sur Madrid.

Au début des années 90 une très belle chanson de Jean-Jacques Goldman intitulait « là-bas » disait ceci : *« Je te perdrai peut-être là-bas…mais je me perds si je reste là »*.

Fin du premier acte Mario

Paris, le soir du gala de vétérinaire.

On se croirait au bal des débutantes. Les jeunes filles ont sorti leurs plus belles parures et les jeunes hommes leur plus beau smoking. Aurélien ne déroge pas à la règle, bien que le sien ait de fortes odeurs de naphtaline. Monsieur Marchand ayant retrouvé avec fierté au fond d'un grenier son smoking datant d'il y a vingt ans, son fils ne pouvait faire autrement que de le porter aussi fièrement. Une triple dose du classique « Pour un homme de Caron » aura l'importante mission de cacher les délicieux relents de naphtaline, le temps d'un bal.

Charlotte, quant à elle, est plus belle que jamais. La jeune fille a également eu recours au patrimoine familial pour parfaire son élégance naturelle. Pour l'occasion, sa mère lui a prêté un magnifique foulard en soie, d'un rouge vif andalou. C'est une prise de guerre d'une tante éloignée originaire de Séville. Rajouter à cela une superbe robe noire et Stendhal peut reposer en paix : « Le rouge et le noir » n'ont jamais été aussi bien portés.

Aurélien se dit qu'il doit absolument prendre rendez-vous avec un oculiste pour soigner son trouble de la vue. Il vient d'apercevoir dans un flou artistique le plus profond objet de ses désirs. La réalité dépasse la fiction, pense-t-il se frottant les yeux, une passagère allergie à la naphtaline, n'arrangeant en rien son hallucination. Nouvelle référence au génie littéraire français : Aurélien en apercevant Charlotte souffre du syndrome de Stendhal poussé à son extrême !

— Que vous êtes belle Mademoiselle ! dit-il, s'approchant de la jeune fille.

— Et vous un vrai King avec ce smoking ! Probablement prêté par votre père ou grand père ? Même s'il sent, un peu trop le « Pour un homme de Caron ».

— « Pour une femme comme Charlotte » je ne me refuse rien.

— Ce soir que vous allez réussir à me faire perdre la tête.

— C'est de vous faire perdre votre anglais, mon objectif avoué.

— Élémentaire mon cher Watson, si on évite le *Men discotecus* je vous suivrai jusqu'au bout du monde !

— Commençons donc par le bar, je vous offre une coupe de champagne, ou un whisky écossais ?

— Qu'importe le breuvage, pourvu que l'on en ait l'ivresse.

— C'est devant un grand cru que des amitiés naissent !

— Et pourquoi pas la naissance d'une belle histoire d'amour entre vous et moi Aurélien ?

— Ne jouez pas avec le feu vous allez vous y brûler, sachez que ma flamme ne s'éteint jamais.

— Je suis sincère Aurélien et je n'ai pas encore bu…

Il faut une bonne minute au jeune homme pour laisser le temps à son cerveau d'assimiler la déclaration faite par la dame en rouge et noir. On dépasse le domaine du rationnel puisque l'émotionnel vient s'en mêler. L'information reçue puis analysée sur-le-champ par Aurélien est la suivante :

A/ Dans l'immédiat :
  1) Elle dit qu'elle est prête à me suivre ce soir.
  2) Elle sous-entend qu'elle pourrait oublier son anglais.
  3) Je sens « Pour un homme de Caron ».

B/ À moyen terme, voire long terme :
  1) Elle est prête pour une histoire d'amour.
  2) Elle dit qu'elle est sincère.
  3) Il faut absolument éviter le *Men discotecus.*

PS : Les deux 3) sont totalement superflus dans le raisonnement logique d'Aurélien, cela dit comme je vous l'écrivais auparavant, « l'émotionnel » peut parfois troubler le rationnel.

À la réflexion doit maintenant succéder l'action. Il est des opportunités qui ne se présentent qu'une fois. Charlotte ce soir est apprivoisable, il faut simplement trouver le courage de l'apprivoiser, songe Aurélien dans une allégorie animalière, pour qui l'attente au bar n'a jamais été aussi bien venue.

En l'absence de son courtisan, Charlotte ne reste pas seule très longtemps. Les étudiants vétérinaires sont aussi voraces que les rapaces qu'ils étudient. Deux mâles s'approchent de la jeune fille, pavés des plus honorables intentions :

— Permettez-moi un compliment : vous êtes la plus jolie fille de la soirée. Bonsoir, je m'appelle Rodolphe.

— Rodolphe tu plaisantes ou quoi ? Pardonnez-le Mademoiselle il ne sait pas ce qu'il dit. Je rectifie : vous n'êtes pas la plus jolie fille de la soirée, vous êtes la plus belle fille de monde ! Moi c'est Jacques-Olivier.

— Enchantée Rodolphe et Jacques-Olivier, mais dites-moi vous faites ce show à toutes les filles ou j'ai simplement de la malchance ?

— Vous, de la malchance ? C'est trop injuste de dire ça par rapport aux autres filles, répondirent presque en cœur les deux jeunes étudiants.

— C'est très gentil, mais je ne vais pas vous faire perdre votre temps. J'ai trois mauvaises nouvelles. La première c'est que je suis très amoureuse, la deuxième : je me marie dans deux mois et la troisième et probablement la pire pour vous, c'est que mon fiancé est ici ce soir. Il est juste allé me chercher un verre.

— Ouf !

— Désolé de vous avoir coupé le souffle ! S'excusa la jeune fille.

— Et bien dites à votre fiancé qu'il a bien de la chance !
s'exclama Rodolphe.

— Ce sera fait ! Au fait merci pour les compliments, ils
sont exagérés mais ils font bien plaisir…

Et les rapaces Jacques-Olivier et Rodolphe volèrent vers
d'autres horizons, au moment même où Aurélien fit son
retour, les mains chargées de breuvages.

— Tu es un véritable Chevalier servant, s'écrie la jeune
fille.

— Dis plutôt Chevalier « serveur », prends donc cette
coupe et dégustons ensemble cet élixir du bonheur. Au fait
qu'est-ce qu'ils te voulaient ces deux types ?

— Me draguer, mais je leur ai dit que nous nous marions
dans deux semaines. Ça les a fait fuir je crois.

À ce moment précis, Aurélien s'étouffe par sa dernière
gorgée de champagne et le liquide de sa coupe se déverse
sur le sol. Charlotte en dit trop ce soir ! Un retour au bar et
son attente tant espérée sera la mieux venue pour élaborer
dans les plus brefs délais une stratégie de crise, à très très
court terme.

« Et maintenant quoi ? Je ne vais quand même pas devenir
timide ! J'ai l'impression de revivre le cauchemar de mon
adolescence avec l'histoire de Stéphanie, sans la pression
des copains, mais avec dix années de plus. Faut y aller
Aurélien ! Tu l'as tant désirée, que c'est maintenant ou
jamais », songe le jeune homme pressurisé de devant
comme derrière dans la longue file d'attente au bar.

« La méthode forte : Je vais l'inviter à danser et juste après
le slow je l'embrasse presque par surprise » dit Aurélien à
voix basse toujours dans la queue du bar, le corps
désormais pris en sandwich des quatre côtés.

« La méthode douce : Je lui fais une déclaration et lui
demande si je peux l'embrasser » pense le jeune homme
littéralement écrasé comme une sardine mais

heureusement à quelques centimètres du très salvateur comptoir.

« Pas d'autre solution, je n'ai plus le choix : Lacharlotte me voilà ! » s'écrie tout seul Aurélien triomphalement de retour après son apocalyptique périple.

— Tu en as bien mis du temps ? J'ai bien failli ne plus t'attendre, j'étais à court d'imagination pour détourner tous ces jeunes mâles.

— Désolé Charlotte, ce soir arriver au bar c'est plus dur qu'atteindre l'Himalaya, la chaleur humaine en plus. J'ai eu le nez écrasé sur le polo Ralph Lauren de mon voisin pendant une bonne demi-heure. Si tu regardes bien, tu verras un joueur de polo gravé sur ma narine. Mais bon assez discuté, pourquoi n'allons-nous pas danser ?

Vient alors le moment le plus romantique de la soirée. Le Disc Jockey du gala enchaîne avec l'une des belles chansons d'amour jamais écrite : *You've got it* de Simply red...puis c'est le *Lovin'you* de Minnie Riperton une chanson à vous faire tomber amoureux, si vous ne l'êtes pas déjà, et qui dit ceci *« loving you is easy because your beautiful... everyday of my life is fed with love in you »*.

Aurélien se fait un véritable film en cinémascope dans sa tête. Il est convaincu que ces chansons sont écrites pour Charlotte et lui.

Deux bonnes heures ont passé et les deux amoureux n'ont pas quitté la piste. Ils continuent à danser entrelacés comme s'ils étaient seuls au monde. On se croirait au marathon de danse du roman *On achève bien les chevaux*. Vient alors une chanson de circonstance, française cette fois-ci, peut-être un peu moins glamour, mais tout aussi jolie et qui dit ceci : *« Et si ce soir on dansait le dernier slow, un peu de tendresse au milieu du bistrot. »*.

109

Charlotte et Aurélien ne sont pas au bistrot, mais bien au gala de leur fac. En revanche c'est bien le dernier slow de la soirée.

Les femmes de ménage armées de leurs balais mécaniques et aspirateurs électriques commencent à faire leurs apparitions aux quatre coins de l'amphithéâtre transformé en boîte de nuit pour l'occasion.

Que va-t-il se passer ? Aurélien va-t-il tenter d'embrasser Charlotte ? Charlotte va-t-elle accepter ? Que diriez-vous, vous qui avez suivi ce feuilleton depuis le début de ce roman ? Pour rajouter un zeste de suspense la réponse se trouve sur la page suivante…

Et bien oui, vous l'aviez deviné ! Aurélien penchant sa tête en direction de Charlotte dépose délicatement un baiser sur les lèvres de la jeune fille qui ne manifeste aucun signe de rejet. On pourrait appeler cela un atterrissage en douceur.

Aurélien au 7ème étage de la fac est au 7ème ciel.

C'est le meilleur moment de son existence et la plus belle soirée de sa vie. Même si en cette fin de soirée, la naphtaline avait pris le dessus sur le « Pour un homme de Caron », c'est l'odeur de l'amour que les deux jeunes étudiants respirent.
Cette naphtaline qu'on utilise habituellement pour conserver, Aurélien n'en aura pas besoin pour se souvenir à jamais de ce tendre moment.

Aurélien rêve éveillé, Charlotte a succombé.

* * *

Il est des rêves qui durent toute une vie et d'autres qui ne durent qu'une nuit. Celui d'Aurélien prendra fin à son réveil. Son idylle avec Charlotte est bien réelle, mais sa conscience le ramène à une autre réalité, que nous avons tous un jour vécu, même sans l'admettre. La réalité du rêve exhaussé qui vous laisse un goût amer, celui d'avoir atteint l'objectif qui devrait vous rendre heureux, mais qui ne vous satisfait pas pour autant.

Il ne vous est jamais arrivé de désirer quelque chose avec force et une fois obtenue ne pas être complètement satisfait ?
Comme s'il vous manquait autre chose. Comme si le fait de lutter pour un but, était plus fort encore que d'atteindre le but en lui-même. Ce qui manque peut-être c'est de ne plus avoir l'objectif en question ?

Et c'est bien ce qu'il va se passer dans tête d'Aurélien à son réveil. Il éprouve la sensation frustrante de penser qu'il a tout pour être heureux… et pourtant il ne l'est pas.

Écoutons son raisonnement : « J'ai ce que j'ai tant désiré depuis des mois, ce pourquoi j'ai tant lutté, ce qui devrait me remplir de bonheur et de bien-être, mais je n'éprouve rien de tout cela. Hier, j'étais malheureux, mais ce malheur portait un nom : Charlotte. Aujourd'hui je devrais être le plus épanoui des hommes, puisque j'ai enfin obtenu ce que cherchais. Il n'en est rien. Peut-être bien que je me suis trompé en pensant que c'était elle qui allait me rendre heureux. En pensant que c'était Charlotte qui allait combler le vide de mon existence. En étant persuadé que c'était elle qui allait enfin donner un sens à ma vie. Il faut que j'aille chercher ailleurs ce qui me manque avant qu'il ne soit trop tard », et c'est sur cette dernière pensée qu'Aurélien va fonder une profonde réflexion qui le conduira à réaliser qu'il ne peut plus être heureux, ni avec

Charlotte, ni en fac de médecine, ni dans son douillet et commode univers familial. Une décision s'impose aussi clairement que le clair de lune aperçu depuis sa chambre : quitter Paris et « voir le monde ».

Aurélien est conscient des sacrifices et des efforts que cela suppose, comme de renoncer aux acquis de sa vie, se séparer de sa famille, de ses amis et de Charlotte. Mais il pense aussi que si l'on ne prend pas ce genre de décision à vingt ans, on ne la prend jamais. Il devine que ce sera difficile pour lui comme pour ses proches, mais il sait aussi que cette séparation ne sera que physique.

Il ne suffit pas d'être près de ses proches pour être proche d'eux.

Aurélien a donc trouvé une solution à son équation du bonheur. Une solution qui n'est pas sans rappeler celle d'un autre jeune homme à quelques milliers de kilomètres de là…

Fin du premier acte Aurélien

Chapitre 4

Mario

Après quelques semaines de formation à terre et à Madrid, ridiculement vêtu en marin alors que le plus proche point de mer se trouve à 400 kilomètres, Mario embarque enfin au port de San Sebastian. Son nouvel hôte, un magnifique navire de guerre construit à Saint-Nazaire, porte le nom évocateur de « Manurêva ».

Pour la petite histoire, « l'autre » Manuréva (qui signifie oiseau de voyage en tahitien) était le fameux Pen Duick du navigateur Alain Colas. La légende de ce marin téméraire raconte qu'il disparut au large des Açores, alors qu'il était en tête de la première route du rhum. Le 16 novembre 1978 à 6 heures, il émit un message des plus tranquille puis on ne l'entendit plus jamais. Un an plus tôt Colas avait eu le pied droit arraché et il vivait depuis cet accident un véritable calvaire, mordant souvent un morceau de bois pour soulager ses souffrances. Qu'est-il arrivé à Alain Colas ce 16 novembre ? Seuls les albatros, ces *vastes oiseaux des mers,* connaissent la réponse…

Peut-être que Manu rêva, mais Mario ne rêve plus. Lui pour qui le champ de vision se limitait aux quatre coins de Madrid, dans quelques heures, son horizon ne sera plus que l'océan. Cet océan qui vous donne peur tellement il est immense, et qui est l'expression même de la liberté. À Madrid Mario était prisonnier de son histoire, de ses mensonges et de ses malheurs. En observant les vagues, il

115

espère que l'une d'elle emportera son passé, lavera ses erreurs et l'éloignera à tout jamais de sa malchance.

Dans les yeux de Mario la terre se dissipe peu à peu et avec elle le souvenir de ses blessures.

Assis sur le pont, il fait le point.

Quand l'Espagne ne se reflètera plus dans son regard, il l'effacera aussi de sa mémoire. Mario aime les symboles et il se sent prêt pour une nouvelle naissance. Le jeune homme se remémore un proverbe arabe lu au hasard d'une librairie : « *Si tu te retournes chaque fois qu'un chien aboie dernière toi tu n'arriveras jamais au bout de ton chemin* ». Il prend alors sa respiration, contemple le rivage qui s'éloigne, puis symboliquement lui tourne le dos en se promettant de plus jamais entendre un aboiement.

Une fois l'océan traversé, il découvrira le monde, ce qui est « différent », ce qui l'a tant fait rêver.

Peut-être bien que Mario rêve encore, mais cette fois-ci les yeux grands ouverts.

Aurélien

Aéroport Charles de Gaulle.

Toute la famille Marchand s'est donnée rendez-vous ce dimanche après-midi dans le terminal B (comme Battant, disait Aurélien son bac B en poche) de l'aéroport parisien. Il pleut des cordes sur la capitale et il n'y a rien à la télé, donc cette petite escapade de quelques heures dans la « charmante » ville de Roissy est la bienvenue. La belle Marguerite ou reine Margot, aînée des Marchand, grande sœur d'Alexis, qu'importe le qualificatif, ne manque pas à l'appel. Les pilotes d'Air France, avec leurs airs d'officier et gentleman des temps modernes, se tordraient presque le cou en croisant cette belle plante (elle s'appelle Marguerite ne l'oublions pas !). Mais la jeune fille n'est pas venue seule, puisque son fidèle et très dévoué Alexis, l'accompagne. Ce dernier, désireux de s'enraciner dans sa belle-famille, ne pouvait rater l'occasion en or de marquer quelques points supplémentaires, en faisant acte de présence en ce jour si particulier pour les Marchand.

C'est le jour où un enfant de la famille s'en va pour la première fois…

Colette, la complice marraine, a également fait le déplacement dans la ville du Nord Ouest parisien. Les entourloupes de son filleul, commises si souvent avec son consentement, vont bien lui manquer. Même si elle le regrette, elle comprend son choix.

Madame Marchand a beaucoup pleuré la nuit dernière et personne ne l'a su.
Redoutant les dangers qu'affrontera son fils, ce qu'elle craint avant tout c'est qu'il prenne goût aux voyages. Elle

se rassure en se disant qu'il reviendra, car tous les enfants reviennent un jour.

Monsieur Marchand a délaissé la direction de ses revues mécaniques pour emmener sa famille en direction de l'aéroport. Il est peut-être le seul (avec Alexis le futur gendre qui est vraiment content de marquer des points) à ne pas être triste. Voir son fils devenir vétérinaire ne le réjouissait guère. Le voir se planter aux examens, ne faisait que conforter son ambitieux souhait : un autre destin pour mon fils, mondial celui-là !

Et Charlotte ? Et oui Charlotte où est-elle ? Je serais bien tenté de vous refaire le coup de la page suivante pour prolonger le suspense, mais je ne vais pas vous faire attendre plus longtemps.

Charlotte cette après-midi ne fait pas partie de la délégation. Elle eut une longue, douloureuse et passionnée explication avec son éphémère fiancé, la veille du départ. Au début, elle n'a pas très bien compris pourquoi Aurélien, qui lui court après depuis si longtemps, s'enfuit alors qu'elle est enfin prête à lui donner son amour. Réflexe typique, elle a d'abord pensé que c'était à cause d'elle, qu'il s'en allait. *Dites-moi qu'il est parti pour une autre que moi mais pas à cause de moi, dites-moi ça, dites-moi ça.* Mais le pouvoir de conviction du jeune homme étant à la hauteur de son pouvoir de séduction, il réussit à lui faire comprendre que le problème venait de lui et non d'elle. C'est douloureux, inexplicable, ce serait presque injuste voire cruel pour la jeune fille, mais c'est la réalité. Aurélien aime Charlotte et Charlotte aime Aurélien, mais dans ce cas-là il semblerait que l'amour ne soit pas plus fort que tout. Quand je vous écrivais que les histoires d'amour finissent mal, en général, en voici un nouvel exemple.

Bref, tout cela pour dire qu'il n'y avait aucun sens à ce que la jeune fille se rende au départ de son ex.

Aurélien vient de passer le contrôle de police. Son fan-club tel une mêlé ouverte de rugby est bien regroupé derrière la ligne jaune. C'est par-dessus la machine aux rayons X, qu'Aurélien les bras en l'air, gesticule tel un marin perdu appelant au secours, en signe d'au revoir.

Un gendarme quelque peu zélé le rappelle à l'ordre. Ironie du sort, c'est le même policier, muté à l'aéroport depuis trois mois, qui l'avait conduit au commissariat lors de son striptease « champsélizesque ».

— On ne s'est pas déjà vu quelque part ? Il me semble bien pourtant ! Dites-moi vous ne manquez pas une occasion de vous faire remarquer vous, dit le gendarme physionomiste.

— Je quitte la France dans une heure, donc vous ne risquez plus de me revoir, lui répondit le néo-voyageur.

— Les hasards de la vie vous réservent parfois des surprises, entrez donc dans la salle d'embarquement ou vous allez rater votre avion, termina le policier-philosophe.

Les membres du fan-club se sont quelque peu inquiétés pendant cette discussion, d'autant plus qu'ils ont dû s'imaginer un dialogue, faute de ne rien entendre, ligne jaune obligeant.

Mais les voilà rassurés, apercevant Aurélien s'éloigner les doigts en V en signe de victoire…sur les forces de l'ordre françaises.

Encore une scène émouvante et drôle à la fois, bien à l'image de la vie du Parisien.

Mais au fait, où va Aurélien ?

À Abidjan, faire un stage chez un ami de son père qui possède un hôtel dans la capitale ivoirienne. L'Afrique, il n'y a vraiment rien de mieux pour le dépaysement et la redécouverte de soi-même. C'est un choix courageux et un choc culturel qu'Aurélien s'apprête à vivre. Mais il se dit bien armé pour cela.

Alors que l'aventure commence !

* * *

Mario en bateau

Mario vogue déjà depuis deux mois et le prochain appareillage du *Manurêva* n'est pas prévu avant septembre. Ce seront donc cinq interminables mois sans toucher terre. C'est très long pour quelqu'un qui n'avait jamais vu l'océan et qui ne sait même pas nager. Mais c'est aussi le temps qu'il faut pour déconnecter de ses problèmes terrestres. Mario a le temps de méditer et de se reconstruire dans un nouvel environnement, très masculin cette fois-ci, la marine n'ayant de féminin que son nom.

Le Madrilène a la fonction de mousse sur le navire. En d'autres termes, c'est le gentil homme à tout faire. Ses camarades lui ont même trouvé un burlesque mais affectif surnom : Mickey (comme Mickey Mouse…). Le Manurêva étant la plus petite embarcation de la marine espagnole, ceci facilite la promiscuité entre marins. D'autant plus que l'absence féminine commence à se faire ressentir.

Le chef cuistot, qui lui ne s'est jamais intéressé aux femmes, est littéralement tombé amoureux du triste mais ravageur regard du Madrilène. Ce n'est donc pas l'absence de sport, mais bien les soins particulièrement attentionnés du chef, qui ont permis à Mario de prendre huit kilogrammes depuis le début de son voyage. Comme le mousse néophyte est d'une nature gentille mais surtout très naïve, il n'a pas compris que les petits gâteaux confectionnés spécialement pour lui, ne sont en fait que de pommes d'Adam, en l'espoir d'un péché charnel. Tout le navire est au courant de la faiblesse du chef pour Mickey Mouse, sauf celui-ci bien entendu. Ce feuilleton rocambolesque ajoute une dose de bonne humeur, si bienvenue pour oublier les sacrifices de la vie de marin.

Le capitaine du navire est très satisfait de Mario. Étant le seul à avoir accès au dossier de chaque membre de son équipage, il connaît le passé tourmenté du jeune homme et cette malencontreuse ligne venant noircir son casier judiciaire. Autre bonne raison pour avoir un œil encore plus attentif sur le Mousse. Mais le dévouement, l'application et le sérieux de Mario ont une nouvelle fois raison de son délicat passif.

Le marin néophyte étant le moins gradé, lors d'une cérémonie solennelle en présence de tout l'équipage, on lui remet les galons de « Première Classe » pour son comportement irréprochable. Mario retrouve le sens de l'humour en déclarant au capitaine :

— Mon commandant merci pour cette distinction que je mérite… tellement !

— Quelle originalité Santiago, d'habitude les nouveaux gradés répondent humblement qu'ils ne méritent pas leurs récompenses.

— Oui mais pour eux, c'est vrai !

Sur le pont du navire Mario affiche fièrement sa décoration, signe jusqu'à ce jour de son plus glorieux fait d'armes. À des kilomètres de Madrid et voguant sur l'océan, Mario a de nouveau retrouvé le sourire.

* * *

Aurélien Ivoirien

La vie du Parisien tournant souvent autour de calembours douteux et de mauvais jeux de mots, à Abidjan c'est n'est que dans l'hôtel trois-étoiles «l'Yvoitrien» qu'Aurélien pouvait atterrir.

Le nouveau patron du jeune homme est un expatrié pure souche d'une cinquantaine années, qui a quitté l'hexagone quand Giscard y était encore président. Marcel, au physique de rugbyman, 1,90 m pour cent vingt kilos, est, tout comme le futur beauf d'Aurélien, d'origine marseillaise. Bien que déconnecté des réalités françaises (il pense toujours que Tapie est président de l'OM), il a gardé une fibre patriotique exacerbée que l'on retrouve souvent chez les « expats » de longue durée. Le provençal a également conservé un accent du midi très prononcé. C'est une forte personnalité comme le sont souvent les gens du Sud, mais pourvu d'un grand sens de l'humour et de la dérision. Ce serait presque une figure « pagnolesque » remodelée à la sauce Africaine. Marcel c'est celui qui a monté « l'Yvoitrien », mais c'est surtout le génial inventeur de son nom !

En résumé, un physique rustre, une « grande gueule » et un sens de l'humour, font de Marcel une personnalité bien attachante.

Aurélien vient tout juste de déposer ses bagages dans le hall d'entrée de l'hôtel, que Marcel s'empresse de dévergonder notre jadis casanier de Parisien pour une soirée mémorable.

Le directeur de l'hôtel commence par emmener son stagiaire dîner au maquis « Alfa 33 ».

Maquis en ivoirien cela veut dire restaurant local. Si vous n'avez jamais habitué votre estomac à de cosmopolites goûts culinaires, c'est certainement à quatre pattes que vous finirez votre soirée en venant dîner au Maquis. Ce sera le cas d'Aurélien quelques heures plus tard, les épices du plat de résistance ayant eu raison de son pancréas peu habitué à de telles attaques à retardement.

Après le repas au maquis et déjà bien entamé par quelques gazelles (qui ont un double sens en Afrique : Une marque de bière et/ou l'appellation : Fille), c'est à *L'œil du Jazz* que Marcel et son lilliputien de français se dirigent. Cette boîte à musique est un endroit feutré où s'enchaînent des artistes locaux tous aussi doués les uns que les autres. Écouter du jazz en Afrique, c'est comme revenir à la source et aux racines de cette musique. Ne cherchez pas une autre explication, c'est tout simplement MAGIQUE !

Marcel et Aurélien affalés dans de confortables canapés, se laissent envoûter par les sirènes de la black music. Les gazelles (je parle des filles cette fois-ci) font peu à peu leur apparition autour des deux petits blancs, qui n'ont plus échangé un mot depuis trois bonnes heures, totalement enivrés par ces chanteurs à la voix chaude.

Marcel, comme beaucoup d'expatrié, est resté célibataire après s'être marié dans la précipitation à vingt ans tout juste fêtés. Son divorce précipitera aussi son départ pour l'étranger et surtout son attachement à la liberté.

Aurélien, malgré la longue parenthèse Charlotte, n'a rien perdu de son œil de lynx. Depuis plusieurs minutes et bien qu'assis sur son fauteuil, il vient de réaliser un demi-tour à 180 degrés pour se positionner en face du bar où officie une superbe jeune fille locale. Il est comme hypnotisé, mais cette fois-ci c'est l'effet conjugué des deux gazelles : la bière et la fille. Tel un félin s'approchant en douceur de sa proie, il se dirige vers le bar, bien décidé à dompter sa timidité.

— Bonjour Mademoiselle, je voudrai une bière et votre numéro de téléphone s'il vous plaît.

— T'es direct toi ! lui répond la serveuse dans un sourire éclatant.

— Je suis surtout un peu éméché, car depuis vingt minutes c'est ton visage qui m'enivre !

— Tu dis quoi ? répond la jeune fille dans une expression typiquement ivoirienne.

— Que tu es la muse de mes songes.

— Tu dis ? insiste la serveuse.

— Que j'aimerais beaucoup te revoir.

— Ha d'accord. Tiens voilà la bière, mais mon numéro je ne peux pas te le donner, donne-moi le tien plutôt.

— Je suis à l'hôtel l'Yvoitrien, demain c'est dimanche on peut aller dîner au maquis si tu veux ?

— On verra, je t'appelle.

C'est à ce moment précis que les épices dans l'estomac du Parisien se rappellent à leur bon souvenir. Aurélien tel un félin était arrivé sur la pointe des pieds au bar, c'est sur les talons qu'il le quitte…

Le lendemain, notre apprenti expatrié se réveille avec la sensation d'avoir un casque à boulons sur la tête. Aurélien était déjà blond, mais c'est rouge qu'il devient avec ces deux superbes boutons en plein milieu de la figure, apparus le temps record d'une nuit. Heureusement que c'est dimanche et qu'en Afrique et même ailleurs il n'y a rien à faire le dimanche…sauf justement si vous travaillez dans l'hôtellerie. Mais Marcel ayant pitié du faciès de son stagiaire, le ménagera en lui demandant de ne tenir la réception que quelques heures.

C'est pendu au son du standard que le jeune homme passera son après-midi. Il veut être le premier à décrocher quand sa serveuse l'appellera, et il ne sera pas déçu puisqu'une sonnerie retentit à 18 heures pile. Et c'est bien la jeune fille au bout du fil.

— Bonjour, j'aimerais parler à Monsieur Marchand s'il vous plaît.

— Lui-même, à qui ai-je l'honneur ?

— C'est moi Juliette.

— Ha je suis content que tu m'appelles et surtout que tu me dises comment tu t'appelles ! Je n'ai pas le souvenir d'avoir entendu ton prénom hier soir.

— Tu dis quoi ? reprenant cette fameuse expression ivoirienne qui veut dire dans ce contexte : qu'est-ce que tu proposes ?

— Tu peux dîner ce soir ? Je t'emmène dans un restaurant français, il faut que j'évite quelques jours le maquis, n'étant pas encore pas prêt pour de tels dépaysements.

— D'accord on se voit ce soir alors.

— Au fait je suis content que tu m'appelles tu sais.

— On va dîner et ensuite on va chez toi, d'accord. Bye.

— OK d'accord, répond le romantique Européen, le combiné une fois raccroché, et quelque peu désemparé par le style si direct de la jeune Africaine.

Il existe entre nos deux continents des différences culturelles bien évidentes. Nos priorités, nos préoccupations, notre façon de concevoir la vie sont parfois aux antipodes des leurs. Bien souvent on devrait apprendre de la joie de vivre des Africains, de leur simplicité et de leur détachement...

Aurélien va donc faire la connaissance de cette culture à travers Juliette, et ceci vu et observé de très très près !

* * *

126

« Où es-tu Manu-Manuréva, portée disparue Manuréva »
chantait Alain Chamfort dans les années 70.

L'embarcation où se trouve notre protagoniste ibérique
est, elle, bien en vue puisqu'elle vient de passer les eaux
subtropicales de l'île de Madère pour accoster à Puerto la
Cruz, dans l'archipel des Canaries. Même si c'est toujours
un territoire espagnol, situé à seulement quelques miles du
Sénégal, le dépaysement sera de rigueur cela ne fait aucun
doute.
Mario et son équipage s'apprêtent à débarquer pour une
escale de quatre jours.

On s'était habitué à ce qu'il se passe toujours quelque
chose dans la vie du Madrilène : une entourloupe, un vol,
une arnaque aux jeux, une blessure, un emprisonnement,
mais lors de cette escale, il ne va absolument rien se
passer.
Je pourrai donc vous décrire avec détails l'exotique
paysage de l'île, ses plages de sable noir, son volcan, le
Teide, qui culminant à 3718 mètres est la montagne la plus
haute d'Espagne, son carnaval, mais j'ai bien peur de vous
ennuyer et de surtout faire un hors sujet, puisque avant
tout il s'agit de vous raconter l'histoire de deux destinés.
Passons donc sur l'escale des Canaries pour nous retrouver
quelques mois plus tard en plein milieu de la
Méditerranée, moment d'une autre étape importante dans
la vie du Mario.

Cela fait presque un an que l'équipage du Manurêva a
quitté l'Espagne, il pleut à torrents depuis plusieurs
semaines, et la dernière escale remonte déjà à quatre mois.
Les nerfs des marins sont donc à vif.
Avant de retourner au port de San Sebastián et prendre des
vacances bien méritées, le navire appareille vers l'est de la
Méditerranée en vue d'une dernière opération au large de

Malte. Ce détour, retardant l'arrivée dans la péninsule Ibérique, suscite un regain de nervosité chez les marins.

La parfaite intégration de Mario au sein de l'équipage, son galon de première classe et sa complicité auprès du capitaine ont permis au mousse d'oublier en chemin ses déboires madrilènes. Ils ont aussi généré une jalousie bien humaine de la part de certains membres du navire.

Il est minuit quand ce même capitaine déclenche la sonnerie d'alarme pour convoquer ses hommes sur le pont. Il tombe des cordes sur le pont boisé du Manuréva et ses occupants sont au garde-à-vous, la peur au ventre. Il s'est forcément passé quelque chose de grave.

Le capitaine passe silencieusement en revue tous ses marins. Une fois, puis deux, puis trois puis quatre, il fait l'aller-retour sur le pont du navire, s'arrêtant d'éternelles minutes sur chaque visage sans dire le moindre mot, comme pour déceler un quelconque indice. La situation devient insoutenable, à la pluie torrentielle vient de se mêler un terrible vent qui décornerait un Miura.

— Messieurs, si je vous ai convoqué à cette heure-ci c'est qu'un fait grave vient de se produire, lance le maître à bord d'un ton solennel mais accueilli par un soulagement général de la part de l'équipage, soucieux d'enfin connaître la raison de la convocation.

— Quelqu'un d'entre vous à dérobé notre ordre de route et ceci est inadmissible. Cet ordre nous est transmis directement par le ministère de l'armée, et il est, par conséquent, absolument confidentiel. Sur le navire seuls deux personnes en ont connaissance : moi-même et mon second, qui est par conséquent écarté de tout soupçon. Mais quelqu'un parmi vous est le coupable et il est de mon devoir de le découvrir au plus tôt. Il m'est impensable de diriger ce navire avec à son bord un voleur.

C'est maintenant un mini cyclone qui fait rage au-dessus du Manurêva. À la pluie et au vent, vient de s'inviter le froid. Les hommes continuent le garde-à-vous, écoutant sans le moindre geste, le moralisateur discours de leur chef. Mais ils n'ont que faire du froid et de la pluie, c'est d'avoir parmi eux un traître qui leur procure la plus grande souffrance.

— Il n'y a pas d'autres solutions que d'inspecter une à une vos cabines, puisque je devine que le coupable ne se dénoncera pas, reprit le commandant en haussant le ton. Vous resterez sur le pont pendant que mon second et moi-même ferons l'inventaire de vos objets personnels. Si cela doit durer toute la nuit, nous le ferons, termina le chef du navire, visiblement très atteint par cette douloureuse épreuve.

C'est ainsi que tour à tour le capitaine et son second, violeront ce qui peut rester d'intimité pour un marin : son ballot personnel.

Pendant que les membres d'équipage deviennent des ours polaires debout sur le pont depuis maintenant douze heures, le commandant et son second en ont presque fini de leurs investigations et ils n'ont pour l'instant rien trouvé. Il ne leur reste que la chambre de Mario à inspecter. Le capitaine aurait presque eu le réflexe d'abandonner les recherches et de déclarer coupables tous les membres, tant il est convaincu de l'innocence du jeune homme, mais son second insiste :

— Mon commandant personne ne peut être écarté de tout soupçon, je vous propose même d'inspecter ma chambre, mais avant celle-ci vérifions le quart du mousse Santiago.

— J'ai appris à connaître ce jeune homme, et même à l'apprécier pour son travail et ses qualités, ce serait vraiment la plus grande surprise que de le découvrir coupable, répond le militaire chef du navire en entrant dans la chambre du mousse.

— Il ne faut jamais s'y fier, déclare aussitôt le second, fouillant le ballot de Mario.

— J'ai espoir, ce garçon revient de loin, il est sur le droit chemin, continua le commandant.

— Je crois plutôt qu'il vient de s'égarer du droit chemin, coupe le second en sortant triomphalement du fond du ballot le si confidentiel, plan de route du navire.

DE-MAS-QUÉ.

Quelle surprise ! Le commandant s'attendait à tout, sauf à cela. Comment a-t-il pu faire confiance à ce jeune homme, alors que lui seul, connaissait son douloureux passé ? Lui seul savait que Mario est un personnage imprévisible à la personnalité changeante et qui se révèle maintenant cleptomane. Quelle déception !

Le chef du navire était déjà furieux de découvrir le vol, l'identité du voleur le mettra encore plus hors de lui. Il n'existe donc pas de seconde chance pour quelqu'un qui a déjà commis une erreur ? Deuxième chance = récidivisme, telle est la cruelle constatation que dresse le capitaine, en un rapide bilan des faits.

— Messieurs, vous pouvez maintenant regagner vos chambres, s'écrie le capitaine revenu sur le pont et dans la plus grande stupeur de ses hommes transis de froid.

— Aucun ne comprend ce qu'il s'est passé, mais tous devinent que leur chef a fait une importante découverte.

Les marins regagnent un à un leur chambre dans le silence le plus profond. Une nouvelle fois cet accablant *silence de la mer…*

— Mario toi, tu restes ici, dit le capitaine à voix haute en interceptant le mousse qui s'apprêtait à rejoindre son quart.

— Moi ? Pourquoi, moi ?

— Parce que c'est ainsi jeune homme. Parce que j'ai eu tort de te faire confiance. Parce que je sais d'où tu viens, parce que je connais ton passé et les problèmes que tu as déjà générés. Parce qu'on ne devrait jamais faire confiance à quelqu'un qui a tant peiné sa famille et qui maintenant vient de me causer la plus grande peine. C'est toi le coupable, je viens de trouver les plans de route dans ton ballot.

Mario écoute sans répondre les accusations de celui qui était presque devenu, depuis le jour de son embarcation, le père qu'il n'a jamais connu. Une fois de plus, le Madrilène souffre en silence bien incapable de se défendre ou de se justifier.

Mario est une nouvelle fois rattrapé par sa mauvaise étoile, qui ne peut décidément jamais le laisser en paix. Le mousse qui jadis tenait pour responsable de ses malheurs Madrid, vient de réaliser que la terre entière lui est maudite, et que sa mauvaise étoile brille aussi fort en Espagne qu'en Méditerranée…

— Nous mettons le cap sur Melilla, Mario Santiago sera incarcéré dans la prison militaire avant son jugement, envoyez un télex aux autorités du port, dit le jadis père adoptif à son second devant un Mario médusé, accablé et toujours aussi silencieux.

C'est vers la controversée enclave espagnole, que le Manurêva vogue avec à son bord une ex-mascotte devenue en l'espace d'une nuit glaciale de Méditerranée, un prisonnier répudié.

* * *

Pendant ce temps-là, à Abidjan…

En plus de sa découverte de la gent locale, Aurélien va aussi apprendre un métier, celui d'hôtelier.

De la réception, à la salle à manger, en passant par la cuisine, les chambres et la piscine il y a toujours quelque chose à faire dans l'établissement. Aurélien se soumet avec le plus grand enthousiasme aux tâches les plus ingrates. Au contact des employés ivoiriens, toujours de bonne humeur, serviables, complaisants et généreux, même s'ils n'ont rien, c'est beaucoup plus un métier qu'il apprend.

De son cocon parisien, il n'avait pas idée qu'il existe sur cette terre des personnes qui ont d'autres préoccupations que celles de conquérir les filles. Même si son premier fait d'armes, une fois les valises posées, fut de draguer une gazelle (chassez le naturel il revient au galop), Aurélien mûrit au contact des Africains, qui lui donnent tous les jours de bien belles leçons de Vie.

« When you go black, you don't come back » disent les anglophones, même si ce dicton peut être interprété de plusieurs façons, il est bien vrai : connaissez l'Afrique et vous ne penserez plus comme avant. Aurélien pendant sa parenthèse africaine fera aussi la découverte de l'amitié chaleureuse et gratuite des Ivoiriens.

Dans les couloirs de l'hôtel, les femmes de ménage passent leur chariot avec cette nonchalance qui caractérise les Africains. Ces femmes de chambre sont-elles toutes des femmes ? Oui presque toutes, sauf un prénommé Djabi. Djabi est homme de ménage et dans son visage se reflète un éternel sourire. Un sourire unique avec ses parfaites dents blanches qui caractérisent si bien les Africains. Un sourire qui éclabousse son visage et qui en ferait presque oublier ses yeux si marqués. En plus d'une complicité, Djabi et Aurélien ont un autre point commun :

133

l'âge, vingt ans tous les deux, même si l'Ivoirien en parait dix de plus.

Les Africains, au-delà de leurs superbes dents blanches, ont une autre particularité physique : jeunes ils paraissent toujours plus vieux, mais quand ils vieillissent ils font toujours plus jeunes. L'absence de sucrerie pourrait expliquer leurs dents blanches, mais pour ce qui est de l'âge, je n'ai pas d'autre explication !

Tous les matins Djabi toque à la porte d'Aurélien pour faire sa chambre et bavarder quelque peu avec son ami, « le petit blanc ». L'Ivoirien lui demande en langage africain s'il a bien « jardiné » avec sa copine, expression qui se passe d'explication. Le stagiaire parisien éclate de rire, mais c'est avant tout la personnalité de Djabi qui le met de bonne humeur. L'homme de ménage n'a rien à donner de plus que son amitié et sa joie de vivre, mais c'est déjà beaucoup.

Djabi est aussi noir qu'Aurélien est blond et l'Ivoirien est aussi petit que le Français est maigre. Voir les deux êtres côte à côte ne peut vous procurer qu'un sourire, même s'il ne sera jamais aussi éclatant que celui de Djabi.

Notre stagiaire aimerait bien voir l'homme de ménage en dehors de l'hôtel mais la vie de l'Ivoirien étant si différente de celle de l'Européen, ceci est impossible. À peine rentré chez lui, un autre foyer attend Djabi et avec lui encore beaucoup plus de travail.

Le Français a quand même réussi à le convaincre de l'emmener dîner un soir dans l'un de ses fameux maquis. C'était d'ailleurs la première fois que Djabi allait au restaurant. Mais l'Africain fut totalement « tétanisé » par l'événement. Mal à l'aise il ne put décrocher un seul mot de tout le repas. Aurélien comprit ce jour-là que leur amitié ne traverserait jamais les murs de l'hôtel et ceci n'a d'ailleurs aucune importance.

Djabi est fier d'avoir comme ami un homme blanc, en fait, il n'a jamais été aussi heureux de sa vie. Il a même demandé à Aurélien de lui donner une photo de lui, officiellement pour la montrer à sa famille. Mais c'est à côté de son lit que l'Africain l'accrochera, le Français étant à ses yeux beaucoup plus qu'un petit homme blanc : c'est son héros.

Un matin, une femme tape à la porte de la chambre. Aurélien ouvre surpris de ne pas voir son ami noir fidèle au rendez-vous.
— Bonjour Madame et Djabi ? demande-t-il aussitôt d'un ton angoissé.
— Djabi il n'est pas là Monsieur.
— Comment il n'est pas là ? Ce n'est pas son jour de repos aujourd'hui ?
— Non Monsieur, Djabi il est plus là Monsieur.
— Il a quitté l'hôtel vous vous voulez dire ? Ça m'étonnerait, il me l'aurait dit j'en suis sûr.
— Il est plus là Monsieur je vous dis.
— Ecoutez Djabi est mon ami, je l'ai encore vu hier soir, il ne m'a pas dit qu'il ne reviendrait plus.
— Je vous le dis Monsieur, Djabi il est plus là, croyez Monsieur il est vraiment plus là.

Sur le pas de porte de la chambre 344 du petit français, un long silence interrompt la conversation. Les deux êtres se regardent sans un mot. Le visage du Parisien s'obscurcit. Une chaude larme coule doucement sur la joue de l'Ivoirienne femme de ménage. Aurélien vient de comprendre.
— Comment ? Ce n'est pas vrai, c'est pas vrai, c'est pas vrai répète fébrilement Aurélien qui devine le pire. Le Parisien dévale alors les escaliers de l'hôtel quatre à quatre, traverse la réception tambour battant pour

débarquer sans frapper dans le bureau de Marcel le directeur de l'hôtel, qui justement l'attendait.

— Qu'est-il arrivé à Djabi, où est-il ? demande dégoulinant de sueur le stagiaire.

— Djabi est décédé cette nuit, je suis désolé Aurélien. Djabi était malade, il ne te l'a jamais dit. Nous le savions tous, sauf toi. Il a continué à travailler jusqu'au dernier moment, c'était sa volonté la plus chère. Tu as été le rayon de soleil de la fin de sa vie, peut-être même de toute sa vie. Grâce à toi il est parti heureux, mais *avec ce dédain de la mort comme une rose aux lèvres…*

— Je ne comprends pas, pourquoi lui, pourquoi ! s'écrie Aurélien la voix sanglotante et la rage au ventre.

— C'est terrible, je sais, répond avec compassion Marcel.

— Mon Djabi, mon Djabi…, continue le Parisien dans les bras de son hôte. Je ne comprends pas pourquoi il ne m'a jamais rien dit.

— Je crois qu'avec toi il en oubliait sa maladie. Djabi fait partie de notre famille, depuis que j'ai ouvert l'hôtel. Il est tombé malade il y a deux ans, et nous savions tous qu'il était condamné. Il nous a donné une bien belle leçon de courage avec sa bonne humeur, sa gaieté et en s'accrochant à la vie comme jamais.

— Mais pourquoi lui qui était si bon ? Pourquoi Djabi ? dit Aurélien s'écroulant à genoux, le cœur déchiré par l'émotion.

Le jeune homme remonta dans sa chambre pour y rester prostré plusieurs jours durant. Seul le souvenir de son ami noir le sortira de sa léthargie. Même malade, Djabi continuait à travailler mais surtout sourire comme si de rien n'était.

Une expérience douloureuse dans la vie du Parisien, qui jusqu'ici avait été épargné par les épreuves que la vie nous réserve.

C'est pour cela qu'en Afrique Aurélien apprendra beaucoup plus qu'un métier.

Il apprendra à devenir un Homme.

* * *

Le Manurêva, que l'on surnomme aussi « forteresse des mers », est bel et bien devenu une prison flottante, avec à son bord le renégat Mario Santiago. La chambre jadis partagée du Madrilène est désormais individuelle, mais Mario enfermé à double tour, se serait bien passé d'un pareil luxe. Les deux colosses, faisant le pied de grue nuit et jour sur son palier, le dissuaderont définitivement de toute tentative d'évasion. De toute façon, Mario ne sait pas nager, alors il n'a pas d'autres solutions que de rester bien tranquillement dans sa cellule, avec vue sur Mer.

En regardant les vagues, Mario se souvient du proverbe arabe, évoqué en quittant l'Espagne. Il éprouve pour la première fois depuis qu'il est parti, le besoin de se retourner vers son passé, pour essayer de mieux comprendre le présent.

—Qu'ai-je fait cette fois-ci pour mériter un tel châtiment ?

Le Madrilène se remémore les douloureux moments de son existence, pour lesquels il semble avoir toujours été responsable.

Le vol des arènes de Madrid : coupable de s'être laissé influencé par son ex meilleur ami.

La partie de poker du Piccadilly : coupable du vice du jeu.

Son ambition de joueur de football : coupable de présomption.

Mais cette fois-ci, que s'est-il passé ? Qu'a-t-il donc fait de mal ?

Il est temps que je vous le dise, même si vous l'avez déjà peut-être deviné : Mario est INNOCENT. Il n'a pas plus volé les plans de navigation qu'il n'a eu l'intention de faire quoi que ce soit qui puisse déclencher la fureur de son vénéré capitaine. Pourquoi d'ailleurs Mario aurait-il commis ce vol ? Lui qui arbore fièrement son galon de première classe, tout juste accroché. Lui que tout le monde adore sur le navire. Lui qui trouve en son capitaine le père qui lui a tant manqué. Lui qui peu à peu tente d'effacer son douloureux passé.

Par simple cleptomanie ? C'est bien la seule explication plausible. Mais elle est fausse puisque Mario est innocent.

C'est le second du navire qui a manigancé le coup, jaloux de voir son supérieur préférer un modeste mousse. Depuis quelques mois, cet ambitieux officier ne pouvait supporter la complicité naissante entre son capitaine et ce vulgaire première classe. Il rongeait son frein en silence, attendant le moment opportun pour faire accuser injustement le mousse Santiago.

Le Madrilène se doute aussi que les plans dérobés n'ont pas atterri dans son ballot par hasard. Il soupçonne également le second d'en être responsable. Mais pour le marin la tâche se révèle être bien difficile : que faire pour prouver son innocence ? Les preuves sont malheureusement irréfutables et on ne croira jamais la banale thèse de la « jalousie du second ». Une fois à terre, il faudra songer à un moyen efficace pour sortir de cette ornière aux reflets bleus.

Dans la tête du néo prisonnier un mot raisonne comme seule et unique solution...

* * *

Aurélien se force à sourire depuis que son ami Djabi a rejoint le royaume des cieux. *Un seul être vous manque et tout est dépeuplé*, le jeune homme erre comme une âme en peine dans les couloirs de l'Yvoitrien, remettant en question bien des ex-certitudes.

Pourquoi tant d'injustices sur terre ? Pour quelle raison Dieu « dérape-t-il » de temps à autres comme s'il nous abandonnait au chagrin et parfois même à la mort.

Aurélien se souvient d'une profonde discussion qu'il eut avec son père le jour de la mort accidentelle de l'associé de celui-ci. Monsieur Marchand extrêmement affecté par cette disparition, apparut comme un être inconsolable presque détruit, malgré l'attention et le réconfort soutenu de toute sa famille. Entre deux sanglots, le père d'Aurélien prononça une phrase qui marqua à jamais son fils, pourtant âgé de huit ans : « *Dieu écrit droit, avec des lignes courbes* ». Une phrase qui prend d'avantage d'ampleur quand on sait que le papa d'Aurélien est un fervent catholique. Dieu nous aide, seulement parfois il nous abandonne et personne ne sait vraiment pourquoi…

Devant la tristesse de son stagiaire, Marcel le jovial Provençal est ému. Il comprend le chagrin de son protégé puisque sa propre vie n'a pas non plus été épargnée de souffrances et déceptions. C'est en l'un des lieux les plus étranges d'Afrique que les deux Français iront passer quelques jours pour retrouver une joie de vivre soudainement évaporée un beau matin.

Yamoussoukro, tel est l'endroit choisi. Perdue en plein centre de la Côte d'Ivoire, aussi dure à atteindre qu'à prononcer, cette métropole africaine mérite pourtant le détour.

Yam, c'est la ville native du père de la nation ivoirienne : Félix Houphouët-Boigny, que l'on surnomme affectueusement, « le vieux ». Houphouët, partisan de la non-violence et ami de la France, réussit en douceur l'indépendance de son pays en 1962. « Le vieux » est en quelque sorte un Gandhi africain, toute proportion gardée. Houphouët étant un fervent catholique, son vœu le plus cher fut de faire venir le pape en son pays.

Mais pour ce faire, il fallait construire quelque chose de grand, quelque chose qui face honneur au pape, quelque chose qui lui rappelle sa maison…, et c'est ainsi qu'en plein cœur de la jungle, « Notre-Dame-de-la-Paix » copie conforme du Vatican, vit le jour. D'un petit mètre plus haut que Saint-Pierre-de-Rome, cette basilique africaine est la plus grande du monde. Son dôme pourrait contenir à lui seul Notre-Dame-de-Paris !

Si avec ses grattes ciels, peu communs en Afrique, on surnomme Abidjan « la Manhattan sur brousse », cette basilique est un véritable « Vatican sur brousse » !

Pour la petite histoire, Houphouët accomplit son rêve, puisque le pape Jean-Paul II vint bénir la première pierre de l'ouvrage en 1983, et revint en 1990 pour la consacrer Basilique, une fois achevée. Mais cette basilique est aussi grande que vide. Pour un petit pays de quinze millions d'habitants, qui plus est en grande majorité musulmane ou animiste, les chrétiens locaux en procession à Notre-Dame-sur-Brousse ne sont pas légion.

Aurélien et son acolyte se retrouvent comme seuls au monde au milieu du parvis de cette église surdimensionnée. Après un tel sentiment de solitude, il faudrait un bon bain de foule pour mettre un peu de baume au cœur. Et pour cela quoi de mieux que la traditionnelle visite « au village » ?

On semble avoir perdu dans notre vieille Europe, cette tradition consistant à rendre visite à sa famille « au village », même si souvent, le village en question est une métropole de plus d'un million d'habitants. En Afrique, la visite au village prend une ampleur particulière. Elle permet de se ressourcer, de revenir à des valeurs on ne peut plus terriennes, mais elle permet aussi de rester en contact avec sa famille.

« Rester en contact avec sa famille » en langage africain cela veut dire : entretenir sa famille. Pour la grande majorité des villageois, l'unique source de revenu provient du grand frère, de la grande sœur ou du cousin qui travaille en ville depuis qu'il y est parti faire ses études. On ne déroge pas non plus à la règle pour ces expatriés Africains ayant poussé le vice des études au-delà de leurs frontières et qui malgré cela, n'ont ni coupé le cordon ombilical ni celui de la bourse, avec leurs racines humaines.

Quand les blancs visitent un village d'Afrique, ils sont en général accueillis à bras ouverts, presque élevés au rang de demi-dieux. Pour bien des habitants, c'est aussi la première occasion de voir un homme sans couleur, sans bronzage, mais avec de beaux cheveux. D'ailleurs l'un des premiers contacts arrivant au village et ayant le malheur d'être blanc, c'est le « toucher de peau » par ces adorables enfants. Comme si ces petits Africains n'en croyaient pas leurs yeux, comme s'ils étaient devenus tout à coup des Saint-Thomas de l'épiderme !

Marcel et Aurélien débarquent fièrement à Boila, charmant village du centre de la Côte d'Ivoire qui, comme son nom ne l'indique pas, souffre d'atroces sécheresses onze mois de l'année. Mais aujourd'hui c'est jour de fête, puisqu'un fond d'aide au développement de l'Union Européenne a permis de creuser un puits très profond et de l'équiper d'une puissante pompe à énergie solaire.

Et c'est en grande pompe, que l'inauguration du puits va se faire, avec les notables du coin et comme invités de marque les « petits blancs » Marcel et Aurélien, puisque l'hôtel Yvoitrien a également fait une donation pour ce puits.

Le programme de la journée est alléchant : un match de football entre les deux clans du village aussi rivaux que cousins, puis méchoui où un mouton sera sacrifié. Enfin, ce sera l'inauguration du puits comme apothéose des festivités.

Aurélien se délecte de cette nouvelle expérience villageoise, et profite de la journée comme jamais. Sa couleur de peau lui confère d'office un statut de VIP, et le chef du village le désigne pour remettre la coupe au vainqueur de la partie de football. C'est un honneur suprême, que l'on attribue la plupart du temps au député de service, venu au village recueillir quelques précieuses voix en vue d'une prochaine élection.

Le blondinet a les yeux humides quand il remet au capitaine des aigles d'argent, le trophée du vainqueur. Ce capitaine en question porte, comme des milliers d'Ivoiriens, l'évocateur prénom de Djabi, ce qui a le don de décupler l'émotion du Parisien. La vie est bien souvent faite de symboles, que l'on attribue selon sa croyance soit au hasard soit… à l'au-delà !

Marcel n'est pas en reste au rayon des festivités, puisque c'est lui que le chef du village a choisi pour goûter le méchoui. N'importe où ailleurs on pourrait penser que c'est un traître honneur, puisque s'il est empoisonné, le goûteur sera le premier à en souffrir. Mais en Afrique la nourriture est tellement rare qu'elle en devient sacrée. Il n'y a donc aucun risque d'intoxication pour notre hôtelier.

La coupe remise, le méchoui goûté et on retrouve Aurélien et Marcel attablés au centre d'un banquet reposant sur de bancals tréteaux. Si vous avez quelques difficultés à vous imaginer la scène, ouvrez donc la dernière page d'un *Astérix le Gaulois* et observez la mythique scène du buffet final. Le costaud et le jeune blond en milieu de table ce sont nos deux albinos de Français mêlés aux joyeux habitants du village africain. En guise de digestif, la petite troupe se déplace à quelques centaines de mètres du festin pour y inaugurer le puits. Cette fois-ci l'honneur de couper le ruban aux couleurs orange (pour la savane), bleu (pour la rivière), et vert (pour la forêt), revient à ce fameux député de service.

La pompe à énergie solaire fonctionnant à merveille, le premier seau d'eau, nouvel élixir de bonheur des villageois, peut remonter sans encombre. Les « Boiliens » manifestent leur joie, Aurélien et Marcel sont aux anges.

La nuit tombe à peine, elle tombe d'ailleurs toujours à la même heure en Côte d'Ivoire, et les deux Français dissertent sur l'Afrique, assis sur un banc et admirant le coucher du soleil.

— Je ne suis pas prêt d'oublier cette journée, quel bonheur de voir des gens heureux avec si peu, commente Aurélien.

— Tu comprends maintenant pourquoi je suis resté en Afrique.

— Tu sais je l'ai compris dès le premier soir que je suis arrivé. Les sirènes de l'œil du jazz m'ont envoûté !

— Ce n'est pas plutôt les gazelles de l'œil du jazz ?

— Egalement ! Mais dis-moi Marcel, la civilisation ne te manque pas quand même un peu, depuis tout ce temps ?

— Tu sais je me demande qui est la plus civilisée : Notre société ou la leur ? Je ne suis pas vraiment convaincu que notre société matérielle ait entraîné un vrai progrès moral… Ici je prends des leçons de vie tous les jours. Regarde le bonheur de ces gens là avec si peu. Aujourd'hui c'était comme vivre un Noël d'enfant et il ne s'agissait que de l'inauguration d'un puits, fait somme toute élémentaire.

— Un jour j'aimerais bien pouvoir faire quelque chose pour l'Afrique.

— Oui mais que peut-on faire ? On aimerait tous pouvoir faire quelque chose pour l'Afrique, mais nos pouvoirs sont limités. Je crois que le meilleur à faire, c'est avant tout de leur rendre le sourire qu'ils nous donnent.

— Oui mais mes dents ne sont pas assez blanches !

— Tu ne perds pas le sens de l'humour toi.

— Ne crois pas ça. Je me sens comme vidé depuis tout à l'heure, dit Aurélien rabaissant les épaules, et essuyant un front dégoulinant de sueur.

— Oh là là, mais tu es en nage toi ! Qu'est-ce qui t'arrive ? S'inquiète Marcel, surpris de l'état fiévreux de son protégé.

— Depuis ce matin, j'ai le corps plein de courbatures comme si j'avais couru un marathon cette nuit.

— Tiens prends ça, c'est une bonne aspirine.

— Merci mais c'est la quatrième que je m'avale aujourd'hui, dit à voix basse le jeune homme de plus en plus faible.

— T'es pas bien du tout toi, on va rentrer tout de suite à Yam.

Cette dernière phrase tout juste prononcée et le jeune stagiaire s'écroula sur l'épaule de son mentor…

Quand Aurélien reprend connaissance, il se retrouve allongé dans la hutte du chef du village. Toutes sortes de voix arrivent à ses oreilles, dans des langages souvent incompréhensibles. À sa droite, il distingue tout de même la puissante carcasse de son compatriote Marcel, assis à son chevet.

— Aurélien, tout va bien aller, mais il faut que tu m'écoutes une seconde et répondes à mes questions.

— Oui Marce… répond du bout des lèvres un Aurélien agonissant.

— Te souviens-tu d'avoir été piqué par des moustiques ces derniers jours ?

— Arggg… Le jeune homme lutte pour prononcer une phrase inaudible.

— Aurélien je t'en prie réponds-moi, on va te soigner, mais on doit savoir. Tu t'es fait piquer pas un moustique depuis qu'on est à Yamoussoukro ?

— Oui hie pesque tou journée, dit le jeune homme dans un ultime effort.

— Merci Aurélien tu vas t'en sortir, fais-moi confiance.

C'est une situation dramatique que vit le petit village de Boila puisque la malencontreuse maladie d'Aurélien gâche la fête de l'inauguration du puits. Mais les Africains à défaut de remèdes, ne sont jamais à court de solutions…

Marcel, le député de service et le chef du village, improvisent une réunion au sommet dans la hutte de ce dernier. Le diagnostic sur l'état de santé du Parisien est inquiétant.

Aurélien est intransportable, puisqu'un pénible retour sur Yam, située à une centaine de kilomètres de Boilà, mettrait en péril ses jours. Il va donc falloir le soigner sur place et avec les moyens du bord.

— Il n'y a pas de doute, c'est une très forte crise de palu, lance le député.

— Je suis soulagé, je pensais que c'était la malaria, s'exclame Marcel.

— Mais le paludisme c'est la même chose que la malaria, au cas où vous ne le sauriez pas, dit le politique devenu docteur.

— Ahhh Fichus moustiques ! Que pouvons-nous faire ?

— Je vais appeler le sorcier du village, il est le seul à pouvoir sauver cet enfant, répond avec autorité le chef du village, sentant le poids de la responsabilité de ses hôtes de marque.

— Un sorcier ! Mais que va-t-il lui faire ?

— Le guérir tout simplement ! Coupe le député, dont le pouvoir politique n'a en rien altéré la croyance animiste.

— Sachez qu'aux yeux de ses parents j'en suis responsable, dit Marcel... mais comme on n'a pas le choix allons-y, je m'en remets à votre sorcier.

C'est alors qu'Honoré, le Merlin l'enchanteur local, entre en scène. La ressemblance avec le personnage de Disney est frappante, à la différence de la couleur de peau et de la barbe (aussi obscure et noire pour Honorée qu'elle fut claire et blanche pour Merlin).

Après le folklorique banquet, l'inauguration du puits et maintenant l'arrivée du sorcier dans la hutte au chevet du malade : on croit rêver ! Mais il est des scènes surréalistes vécues qui dépassent bien souvent l'imagination...

Revenons à notre sorcier qui applique sur le corps tremblotant et presque sans vie d'Aurélien de mystérieuses feuilles incandescentes. « Vous allez le brûler ! » s'inquiète Marcel qui ne s'est pas éloigné d'un centimètre de son malheureux stagiaire. Les marques générées par les brûlures disparaissent aussi vite qu'elles apparurent, sans laisser de trace sur le corps du malade. « C'était bien de la magie », pense avec soulagement l'hôtelier célibataire, tout à coup promu père de famille.

Le jeune stagiaire reprend le matin suivant tous ses esprits. Qu'y avait-il de magique dans ces feuilles pour qu'elles puissent guérir un être tutoyant la mort ? Nous ne le saurons jamais, mais ceci importe peu en marge des sirènes de l'au-delà, qui rôdèrent sans relâche autour du lit d'Aurélien, si prêtes à bondir...

Le jeune homme aurait dû suivre les conseils de ces bons vieux expate anglais, qui comme leurs aînés colons faisant du gin au Schweppes leur boisson favorite, déclaraient : *"A gin tonic's a day, keeps the malaria away."*, car le tonic contient cette précieuse quinine, seul remède trouvé jusqu'à ce jour permettant de combattre ce fichu paludisme... que l'on appelle aussi malaria.

* * *

Alors que le Manurêva s'apprête à accoster sur les terres Hispano-africaines de Melilla, Mario retrouve ses esprits venant de faire le plus beau rêve de sa vie. Il a rêvé qu'il était heureux. Heureux de quoi ? D'être à nouveau à terre ? Heureux d'être libre ? Il ne s'en souvient même plus. La seule chose qui compte vraiment c'est d'avoir rêvé d'être heureux, même ce n'est que le temps d'une nuit. Même si ce ne fut qu'un rêve… On dit pourtant que les rêves sont réalisables, c'est pour cela que ce matin, Mario est bien décidé à changer son destin.

Dans les années 80, la très amusante troupe des inconnus avait écrit une chanson calomniant les bandes de la banlieue parisienne. Cette parodie disait ceci : *« C'est ton destin, alors prends-toi en main »*.

Mario est bien loin de la région parisienne, mais s'il veut changer son destin, il va bien devoir suivre ce valeureux conseil et se prendre en main. C'est bien ce qu'il est décidé à faire alors que les marins de l'embarcation espagnole posent le premier pied à terre. Le prisonnier sera le dernier homme débarqué, comme en ont décrété les autorités militaires du port.
Une fois l'intégralité de l'équipage à terre, un petit contingent d'hommes surarmés arrive devant la porte de Mario. Les quatre verrous qui garantissent une captivité absolue sont tour à tour ouverts dans le plus grand silence.
Un homme, à la corpulence imposante, probablement le plus gradé du petit comité, fait son entrée dans la chambre du Madrilène. Un petit coup d'œil à droite, un autre à gauche, un troisième au plafond, un dernier sous le lit, et une hâtive conclusion :
— Il n'y a aucun prisonnier dans cette cabine.
Un deuxième homme faisant aussi brièvement apparition dans ce quart improvisé cellule de fortune, renforce la

conclusion de son supérieur : aucune trace du première classe Santiago.

Le contingent rebrousse chemin en direction de l'état-major afin d'y établir un rapport sans appel : Mario Santiago est déclaré fugitif. À la lecture de l'information, le capitaine du Manurêva n'en croira pas ses yeux. Ses sentiments sont pourtant partagés entre colère et réjouissance. Il connaît trop bien Mario pour comprendre que s'il était vraiment coupable il n'aurait pas fui de la sorte, car le jeune homme a peut-être souvent pêché, mais il n'a jamais renié.

L'évasion de Mario est bien la preuve de son innocence.

Mais où est donc le mousse Santiago ? Comment percer le mystère de cette chambre jaune aux hublots bleus ? Les réponses sont souvent les plus évidentes : Mario est toujours dans sa chambre…bien recroquevillé entre la porte et le mur. C'est une cachette des plus banales, mais aussi des plus efficaces ! La furtive incursion des militaires et leurs rapides conclusions ne furent qu'une aubaine pour que le mousse retrouve sa liberté.

Il ne reste au première classe qu'à attendre sagement la nuit obscure afin de quitter le Manurêva, dans l'anonymat militaire le plus complet.

* * *

De retour à Abidjan, Aurélien s'est vite remis de sa maladie. Son expérience africaine fut riche tant en émotions qu'en souffrances physiques. Quand Aurélien pense à ses malheurs parisiens, dus essentiellement à des chagrins d'amour, il en rougirait presque de honte. Nos malheurs occidentaux paraissent si futiles face à la détresse des pays qui ont faim. Il n'empêche qu'un chagrin d'amour reste un chagrin d'amour et qu'il est bien souvent, du moins sur le moment, inconsolable...

En quelques mois d'immersion africaine, le Robinson Aurélien a déjà plus appris qu'en de nombreuses années passées sur son île... de France. La sagesse est une vertu qui s'acquiert avec le temps, mais aussi les épreuves et les pièges de la vie, tel est le constat dressé par notre philosophe, stagiaire hôtelier.

Durant la nuit qui suivit son retour à Abidjan, Aurélien eut un sommeil bien agité. Refermant à peine une édition illustrée du *Petit Prince* reçue des mains de son père avant de partir, il se trouva plongé dans un rêve mêlant pêle-mêle, déserts, moutons, extra-terrestres et réverbères.
Aurélien crut d'abord qu'il continuait à subir les effets à retardement de son paludisme, mais au fur et à mesure que son rêve avançait le jeune homme en comprit tout son sens. Peut-être qu'un jour il aurait lui aussi la chance de rencontrer quelqu'un, qui lui ouvrirait les yeux sur le sens de la vie. Qui lui apprendrait à voir avec son cœur et non plus avec ses yeux. Qui le guiderait vers la voie de la sagesse.

Quand Aurélien se réveilla, il comprit qu'il ferait mieux de mettre un terme à son séjour africain, pour retrouver sa famille. Mais avant son retour, le jeune homme voulut quand même se donner une dernière dose d'ivresse et de réflexion... Et pour quelqu'un qui a besoin d'espace et de solitude : quoi de mieux que le désert du Sahara pour se retrouver ?

Cela tombe bien, il se trouve juste entre la Côte d'Ivoire et la France !

Juste après son bac, Aurélien avait eu la bonne idée d'apprendre à conduire une moto et de passer son permis. C'est donc chevauchant quelques purs sangs vapeur, qu'il va connaître l'ivresse de la liberté.

Et tout cela les cheveux blonds au vent.

* * *

Chapitre 5

Mario et Aurélien

L'espagnol Mario, toujours pris en sandwich entre la porte et le mur de sa chambre, attend sagement que l'obscurité envahisse la ville africaine de Melilla, pour filer à l'anglaise. Il sait maintenant que plus rien ne peut lui arriver de pire, puisqu'être poursuivi pour vol puis évasion, c'est déjà le pire. Les bruits de bottes s'évaporant peu à peu dans la douceur d'une nuit méditerranéenne et Mario quitte son purgatoire flottant pour retrouver la terre ferme, sur le bout des pieds entre deux cargos et cinq conteneurs.

« Il faut à tout prix passer la frontière et rejoindre le Maroc », pense le Madrilène, devinant qu'il échappera ainsi aux lois de son pays. Mais comment ? L'enclave espagnole a des allures de forteresse imprenable, à la seule vue de ses impressionnants postes de police. « En plus, ils doivent avoir ma photo sur leurs murs », songe le renégat qui se serait bien passé de cette soudaine popularité. En revanche, pas question de prendre le moindre risque. Il faut trouver la stratégie gagnante…, à moins que sa bonne étoile se remette à briller dans le ciel africain et ne lui offre ce petit coup de chance qui lui a tant manqué…

Aurélien a réussi son pari : traverser le désert du Sahara sans peur et sans reproche, mais surtout sans embûches. Attiré par la curiosité d'être à la fois en Europe et en Afrique, il a volontairement modifié sa feuille de route afin de découvrir Melilla. C'est adossé à un imposant conteneur qu'il contemple le rivage, vu du port de la petite ville espagnole.

À quelques mètres de là, également caché derrière un conteneur tout aussi imposant, Mario observe avec attention les faits et gestes de ce motard songeur. Lui voler sa moto ? Ce serait peut-être la solution la plus efficace, mais depuis son adolescente-incarcération, Mario est bien incapable de commettre un nouveau vol. Il y a toujours sa conscience pour lui rappeler ce qui est bien ou mal. Et un vol c'est mal.

Lui demander de le prendre en autostop pour traverser la frontière ? Mario a retrouvé sa conscience et il a aussi perdu sa naïveté. Comment le motard acceptera-t-il ?

Il ne reste que l'usage de la force comme seule et unique alternative. Mais la situation étant elle-même un cas de force majeure, alors…

— No te mueves, no te voy a hacer daño, dit le jeune espagnol dans la langue de Cervantes, pointant dans le dos du français index et majeur, mimant ainsi une arme à feu.

Aurélien a toujours été nul en espagnol, mais il a pourtant très bien compris le sens de la phrase de son néo-ravisseur.

— Vamos hacía tu moto y de ahí me vas a conducir hasta la frontera, continue le mousse en liberté.

Les lacunes en espagnol ont cette fois-ci repris le dessus. C'est trop d'information et d'émotion qui arrivent en même temps dans la tête du Parisien.

— No comprendo rien heu nada, que quiere ? Questionne le motard d'une voix tremblante.

— Tu es français alors ? dit Mario, bien plus polyglotte que son otage et dont le séjour dans la maison de correction a permis de corriger ses erreurs dans la langue de Molière.

— Oui, je le suis.

— Alors écoute-moi bien, je ne veux pas te faire de mal, simplement je vais que tu fasses ce que je te dis, de acuerdo ? Rétorque l'espagnol avec un léger accent mais en bon français malgré cette confusion entre le « veux » et le « vais ».

— De acuerdo, répond le franco-français dans un accent à couper au couteau de cuisine.

— Tu veux me prendre sur ta moto et on veut traverser la frontière, tu veux aussi me donner ton casque, explique Mario à un Aurélien qui n'a pas encore vu le visage de son ravisseur, mais qui en ressent pourtant le contact avec ces doigts pointés dans son dos, bien que le Parisien pense qu'il s'agit du plus puissant des revolvers.

Aurélien enfourche sa Suzuki au réservoir aussi jaune que le sable du Sahara. Le nouvel ami dont il se serait bien passé saisit son casque, l'enfile et se place derrière le français, qui démarre aussitôt. Voici donc notre couple étoile quittant le port de Melilla en direction de l'est et du Maroc.

La frontière arrive aussi vite que l'éclair qui vient de fendre le ciel africain. Aurélien ralentit, un douanier bien armé lui faisant signe de s'approcher puis de couper le moteur.

— Quelle nationalité ? demande ce gardien de frontière.

— Français, répond le Parisien démuni de casque, puisque c'est son passager qui le porte.

Il s'en suit un aussi interminable qu'angoissant jeu de regard. Tout d'abord entre Aurélien et le douanier, puis entre ce dernier et Mario. Les sub-sahariens ayant la « culture des yeux », en vous fixant ils devinent vos intentions et parfois même qui vous êtes. Chez les touaregs, ce peuple de nomades vêtus d'une seule toge, le regard est souvent l'unique mode d'expression.

157

Dans notre contexte, c'est un casque qui remplace la toge pour Mario l'ex-mousse.

— Vous pouvez descendre de la moto s'il vous plaît, ordonna poliment le douanier.

Les deux complices n'ont d'autres solutions que de s'exécuter. L'antipathique barrière dressée devant eux les dissuadant d'en faire autrement. Le douanier fixe à nouveau les deux voyageurs, sans un mot, sans un bruit, puis fait le tour de la moto comme s'il l'inspectait. Un coup d'œil sur la selle, puis un sur le cadran, un autre vers le moteur et un dernier en direction d'Aurélien : c'est un véritable contrôle technique auquel le Marocain se livre.

— Un bien joli engin ! Il est à vous ? demanda le douanier.

— Oui il est à moi répondit Aurélien le cœur à 100 pulsations minutes.

— On va vite dans le désert avec ça, non ?

— Oui, c'est un engin rapide mais il faut rester prudent, répondit tout aussi prudemment le pilote du Sahara.

— Et lui, il est aussi à vous ? dit le Marocain montrant du doigt un Mario resté muet, transi de peur et dégoulinant de sueur sous un casque bien trop lourd.

Le motard ne sachant que répondre à une telle question, s'exclama la voix tremblotante :

— Lui c'est mon ami.

— Je vois, je vois, pour combien vous me le vendez ? Questionna le Marocain dans la plus grande stupeur du couple de fuyards.

— Hein ? apostropha Aurélien une moue dubitative à la clé.

— Mais je parle de votre engin bien sûr ! dit le douanier dans un éclat de rire brisant une situation des plus tendue.

— Oui bien sûr la moto, reprit Aurélien soulagé, pensant que son sens de l'humour est bien différent de celui des Marocains.

— Oui votre engin c'est cela, vous me le vendez ?

— J'en ai encore besoin pour découvrir votre joli pays, mais à l'avenir pourquoi pas, répondit malicieusement le Parisien dans une pirouette flirtant avec la fibre patriotique du douanier.

— Entendu, souvenez-vous de moi alors ! termina l'acheteur potentiel en relevant la barrière synonyme de liberté pour un Mario à qui cette conversation avait des allures d'éternité.

Ha ma bonne étoile, cette bonne étoile, songe l'espagnol une fois la frontière passée, alors qu'un orage commence à déchirer les cieux désormais marocains du couple de motards.

La pluie devenue insupportable, Aurélien n'a d'autre solution que de stopper sa machine à quelques kilomètres de la frontière, pour se mettre à l'abri. C'est naturellement sous un pont que le trio formé de l'espagnol, du français et de la moto jaune, trouve refuge.

— Merci tu m'as sauvé la vie, dit Mario en enlevant son casque.

— Comment ça sauver la vie ? demande Aurélien dont l'émotion lui fait oublier que son agresseur n'est pas armé.

— J'étais recherché, si tu vas je t'explique tout.

— On dit « Si tu <u>veux</u> je t'explique », corrige Aurélien un petit sourire aux lèvres, signe d'une complicité naissante, symptôme du fameux syndrome de Stockholm.

— Tu as quelques jours de disponible ? Je te préviens mon histoire est très longue.

— J'ai une vie de dispo si tu veux, alors raconte-moi tout !

Les deux jumeaux, nés le même jour sans même le savoir, s'assirent l'un en face de l'autre, comme s'ils se connaissaient depuis longtemps, comme s'ils avaient lu le livre que je suis en train d'écrire sur eux. Et ils commencèrent à se raconter leur vie, dans la douceur d'un mois de septembre, dans la pénombre d'un pont africain, dans la fraîcheur d'une nuit pluvieuse.

— Qu'as-tu donc fait de si mal, pour avoir à fuir en me menaçant ?

— Je suis victime d'une grande injustice. En fait, c'est toute ma vie qui est une grande injustice, répond Mario.

— Pour dire cela tu dois vraiment être en colère contre le monde entier !

— Mais c'est le monde entier qui est en colère contre moi.

— C'est bien ce que je disais : tu es en colère contre le monde entier.

— Ma vie n'a pas été toute verte, tu sais.

— C'est rose que l'on dit : « Ma vie n'a pas été toute rose », mais ce n'est pas grave, continue je t'écoute.

— Par quoi je commence ?

— Par l'origine de ta fuite, c'est ce qui m'intéresse le plus, tu m'as quand même fait devenir ton complice dans tout ça. J'espère que tu as une bonne explication, dit Aurélien dans un ton presque paternaliste, voulant prendre l'ascendant sur leur relation.

— J'étais marin. Mousse plus exactement. J'étais heureux de voyager, de voir la mer, de me sentir utile sur le bateau, mais on m'a accusé d'un vol que je n'ai jamais commis. Alors comme je n'ai aucun moyen de prouver le contraire, et que je ne veux pas retourner en prison je me suis enfui.

— Ha d'accord je comprends, le mot « retourner » en prison signifie que tu n'en es pas à ton premier fait d'armes.

— C'est quoi un fait d'armes ?

— C'est rien continue ton histoire.

— Je pense que c'est le second du capitaine qui a comploté ce vol pour que je me fasse attraper. En fait il est jaloux parce que le capitaine du bateau m'aime plus que lui.

— C'est un peu enfantin tout cela, mais je te crois. Est-ce que tu as les moyens de prouver ton innocence ?

— J'ai bien peur que non. Qui croira un répéteur ?

— On dit récidiviste.

— Oui récidiviste. Ma parole contre la sienne. Ma parole : celle d'un ex-voleur tout juste première classe contre sa parole : celle d'un officier de marine. C'est déséquilibré non ?

— Arrête ton explication. Je comprends pourquoi tu as fui. Mais ce que je ne comprends pas c'est comment on peut parler si bien le français, en étant dans la marine espagnole et en ayant séjourné en prison ?

— C'est justement la prison qui m'a appris le français. En fait ce n'était pas une prison mais une maison de redressement pour adolescents. J'ai fait une bêtise, en commettant un vrai vol cette fois-ci et on m'a envoyé durant quatre années méditer mon erreur. J'en ai profité pour apprendre le français et faire ainsi plaisir à ma mère.

— Ok c'est plus clair dans ma tête, je résume : je suis complice d'un fuyard récidiviste dont il impossible de prouver l'innocence, mais qui parle super bien français.

— Tu mélanges un peu tout non ?

— C'est mon sens de l'humour, on ne se fait pas braquer tous les jours, j'essaye seulement de détendre l'atmosphère.

— Tu peux partir maintenant si tu veux.

— Et toi où tu vas aller ?

— Je ne sais pas, répondit Mario.

— Si je mélange tout c'est justement pour comprendre ce qui t'arrive et ce qui m'arrive. Je suis du genre à croire que rien n'arrive par hasard. Tu es croyant ?

— Je crois que oui.

— Tu crois que tu crois ? Ou tu crois tout simplement ?

— Je ne sais plus vraiment. Dieu n'a pas été très tendre avec moi, alors je me demande si je fais bien de croire.

— On va reprendre cette discussion un peu plus tard, mais ce que je veux te dire, c'est que si tu es tombé sur moi ce n'est pas un hasard. N'importe qui aurait pu te dénoncer au poste de police. Je ne l'ai pas fait, car j'ai ressenti une petite voix me disant : « aide cet homme, il le mérite ». Je t'ai vu avec *mon cœur et non avec mes yeux* tout comme le Petit Prince. En plus de cela, tu parles français et je suis français : trop de hasard pour comprendre que je n'étais pas sur ton chemin par hasard !

— Et je t'en remercie.

— Ce n'est pas moi que tu dois remercier…

— Ma bonne étoile alors ?

— Appelle-là comme tu veux, moi je lui donne un autre nom. Il est très tard, je vais faire un petit somme, demain sera une longue journée, essaye aussi de trouver le sommeil.

— D'accord, je vais trouver le sommeil en espérant aussi que les douaniers eux ne me trouveront pas.

— Demain sera un autre jour, dors ! ordonna paternellement Aurélien, qui vient de prendre en main sans le vouloir, le destin d'un jeune Madrilène appelé Mario Santiago.

Le lendemain fut effectivement un jour différent puisque la pluie ayant cessé, c'est un soleil de plomb qui tape à la porte des « amis du pont neuf ».

— Quel bonheur de se réveiller et d'être à nouveau libre ! Telles sont les premières paroles de l'ex-mousse découvrant le jour.

— Pour moi c'est tout juste le contraire : je pensais qu'être en cavale avec un fugitif n'était qu'un mauvais cauchemar.

— Lo siento, je suis désolé.

— Ce n'est pas grave, après tout j'ai quitté la France pour découvrir de nouvelles sensations, avec l'épisode de Melilla je suis vraiment servi !

— En termes de fortes sensations je ne suis pas mal non plus.

— Que veux-tu dire ? demande Aurélien désireux d'en savoir plus sur son « Gaspar Hauser » de compagnon de route.

— Que je porte un fardeau depuis mon enfance.

— Tu te plains trop, ce que tu vis en ce moment est un cadeau c'est pourquoi on l'appelle : *le présent.*

— C'est plutôt mon passé qui est dur à porter. Pour commencer, je n'ai jamais connu mon père. D'ailleurs, ma mère non plus ne l'a pas beaucoup connu…

— Quel humour !

— J'ai abandonné lâchement ma petite amie pour m'engager dans la marine et me voilà devenu fuyard. Je ne t'ai pas dit qu'entre temps, j'ai eu les jambes broyées sur un terrain football, et que j'ai perdu toutes mes économies en jouant au poker. Comment puis-je me convaincre que la vie est un cadeau après tout cela ?

— Oui je te comprends. Moi je suis né dans une famille unie. J'ai des parents fantastiques, une sœur aussi jolie qu'adorable et mon enfance fut la plus douce que l'on puisse souhaiter.

— Cela fait plaisir que tu comprennes dit Mario.

— Mais tout cela c'est du passé. Les Arabes ont même un proverbe qui dit que le passé est mort *Li fet met*. Le passé c'est de l'histoire *et l'histoire est une fable sur laquelle tout le monde est d'accord !*

— M'évader et venir au Maroc pour entendre des bêtises pareilles ! C'est toi qui as inventé cette tirade ?

— Non c'est Napoléon.

— Alors Bonaparte trouve-nous vite à manger, mon estomac sonne creux.

— D'accord je vais te trouver à manger à la seule condition que tu arrêtes de te plaindre. On a tous des raisons de se plaindre, et sans doute toi plus que les autres, mais en ce moment nous sommes tous les deux dans le même bateau. Je veux donc que tu sois POSITIF.

— Du moment que notre bateau ne s'appelle pas le Manurêva...

— J'ai une philosophie dans la vie qui se résume à une phrase : « *Dieu nourrit les oiseaux qui s'aident de leurs ailes* ». C'est une façon plus poétique que de dire « *Aide-toi, le ciel t'aidera* ». Mais je reconnais que pour moi c'est facile puisqu'il m'a toujours aidé, tandis que toi...

— Pas vraiment.

— *Dieu écrit droit avec des lignes courbes…*

— Je ne sais plus comment t'appeler Napoléon, Platon ou Jésus ?

— Moi non plus je ne sais même pas comment tu t'appelles ?

— Mario

— Enchanté Mario, moi c'est Aurélien, alias ton sauveur.

— Aurélien j'ai faim.

— D'accord on va se trouver à manger.

Les deux compères reprirent la route sur leur moto jaune en quête d'un Graal bien élémentaire : celui de se nourrir. Aurélien n'étant pas à court de ressources financières, ce sera lui qui fera office de trésorier et procurera à Mario, à défaut d'assouvir sa rage, de quoi entretenir sa faim. C'est dans une épicerie de la ville Marocaine de Nador que le néo-couple franco-espagnol trouve son bonheur culinaire.

— Et maintenant où va-t-on ? demande Aurélien sortant quelques dinars de sa poche pour payer l'épicier.
— Bonne question, répond Mario. C'est toi qui conduis, c'est toi qui….
— Mais venez chez moi, je vous invite à déjeuner ! Coupe l'épicier s'invitant par la même occasion à la conversation des deux fuyards.
— C'est trop gentil on ne peut pas, vous êtes sûr que cela ne vous dérange pas ? demande poliment Aurélien dans une tournure de phrase, qui n'est pas sans rappeler son éducation jésuite et qui se traduit en un « merci je suis bien content que vous nous invitiez ».
— Cela me fait plaisir, quand il y a à manger pour ma famille, il y en a aussi pour les autres. Vous êtes les bienvenus chez moi, si vous me faites cet honneur, dit le commerçant dans un français parfait bien que teinté d'un très fort accent nord africain.

L'hospitalité des Marocains est légendaire, leur couscous également. Une fois attablés avec toute la famille puis rassasiés, les hôtes de marque n'échappent pas à la curiosité de l'épicier, devenu maître de réception :
— Qu'avez-vous visité au Maroc ? demande-t-il fièrement toujours avec cet accent.
— En fait nous ne sommes que de passage, nous arrivons de Côte d'Ivoire.
— Ha mais c'est dommage, il faut visiter le Maroc, c'est très beau le Maroc, il faut aller voir Marrakech, l'Atlas, Fez, Essaouira, s'exclame le chef de famille reconverti en guide touristique.
— Nous aimerions bien, mais le problème c'est que nous n'avons pas beaucoup de temps, dit Aurélien.

— Vous en avez, vous êtes jeunes, ce week-end je vous emmène visiter mon pays vous allez aimer c'est moi qui vous le dis ! Ahisha amène plus de couscous mes amis ont faim.

Quand je vous disais que l'hospitalité des marocains est légendaire…

— Nous sommes sûrs que nous allons passer d'excellents moments avec vous, mais on ne veut surtout pas abuser de votre générosité, répond le diplomate-jésuite Aurélien toujours avide d'expériences nouvelles.
— Je connais Ceuta et Melilla puisque je suis Espagnol mais je dois rentrer en Europe, coupe Mario pour qui les récents déboires ont eu raison de sa curiosité touristique.
— Mais Mario, on n'est pas à un week-end près, on peut prolonger notre séjour, répond Aurélien à son camarade, en l'accompagnant d'un coup de pied sous la table pour rappeler que c'est bien lui le chef.
— Oui c'est vrai on a encore du temps devant nous, moi aussi je rêve de visiter votre pays, se rattrape comme il peut Mario, pensant que s'il est libre c'est bien grâce à son pilote français.

L'entrée d'un homme robuste, Marocain et visiblement coutumier du lieu, vient interrompre cette conversation, digne du guide du routard.
— Viens là Hamedi, que je te présente mes nouveaux amis, s'exclame fièrement et en se levant de table le maître des lieux, voici mon beau-frère, il est douanier !

Aurélien et Mario n'en croient pas leurs yeux. Il faisait pourtant nuit lorsqu'ils ont passé la frontière, mais s'il est un visage qu'ils ne sont pas prêts d'oublier, c'est celui du douanier marocain. Le « souvenez-vous de moi » claqué par ce dernier en guise d'au revoir, résonne encore très fort dans leur tête. Le douanier lui non plus n'a ni oublié leur visage, ni les remontrances de son supérieur pour n'avoir pas reconnu le renégat Santiago.

Que faire dans pareille situation ? Solliciter la bonté et l'indulgence de leur famille d'accueil et demander l'asile politique ? Ou tout simplement prendre ses jambes à son cou…

C'est la deuxième option qui fut adoptée par les deux aventuriers, sans même se concerter et en un éclair de seconde. À peine sortis de « Dar-épicier », la maison de leur ex-bienfaiteur, Mario et Aurélien enfourchent le réservoir de leur salvateur engin, pour démarrer aussitôt dans une bouffée de sable.

À l'intérieur du foyer marocain c'est la stupeur et la consternation.

Les jeunes enfants de l'épicier pensent vraiment que les Européens sont mal élevés, puisqu'ils partent sans dire au revoir ni merci.

Hamedi le douanier se mord les doigts, de laisser filer une nouvelle fois deux dangereux gangsters recherchés par toute la police du pays.

Mais c'est peut-être le généreux commerçant, qui a la peine la plus noble et sincère. Même s'il n'a pas encore compris pourquoi ses hôtes ont fui, il est bien triste qu'ils soient partis, car son plus grand bonheur était de les recevoir chez lui, et leur montrer fièrement la beauté de son pays.

Quand je vous disais que les Marocains sont hospitaliers.

Ahisha, la femme de l'épicier, quant à elle regrette vraiment d'avoir fait autant de couscous.

— Oh là là on a encore eu chaud ! S'exclame Aurélien dans une expression typiquement française, arrêtant le moteur une fois hors d'atteinte, à quelques kilomètres de Nador.

— Je t'avais bien dit que le mauvais sort me poursuit.

— Et moi je te dis d'arrêter de te plaindre. On s'en est sorti, c'est bien là le principal.

— Par le cheveu.

— On dit par les cheveux, mais ce n'est grave.

— Aurélien, combien y avait-il de probabilité que le douanier nous retrouve dans cette maison ?

— Je reconnais que cette coïncidence est troublante.

— Peut-être devrais-je me rendre à la police ?

— Si tu fais cela ce n'est pas à la police que tu vas te rendre, mais à toi-même. Ce sera la preuve que tu n'y crois plus, que tu abandonnes. Il ne faut jamais abandonner même quand le sort s'acharne, surtout quand le sort s'acharne !

— C'est facile à dire ça pour toi, à qui la vie a toujours souri.

— Mario ton pessimisme et négativisme récurant commencent à me taper sur les nerfs. Oui j'ai toujours eu plus de chance que toi, mais j'ai choisi de t'aider et par cette occasion-là, je me suis mis dans un sacré pétrin. Alors que fait-on maintenant ? Je te livre à ton destin et à la police, ou tu arrêtes de te plaindre, tu m'écoutes et tu me suis ?

— Je te suis.

— One, two, three, viva l'Algérie.

— C'est quoi ça ?

— Au Maroc, on sera toujours reconnu. Notre seule issue possible c'est de rejoindre l'Algérie.

— Tu as vraiment un humour et un moral à toute épreuve.

— Il faut se battre dans la vie ! Puis essayer de le faire avec le sourire...

— Je crois que je vais vraiment beaucoup apprendre avec toi…

Une fois cette tirade achevée, Mario et Aurélien se positionnèrent sur leur moto pour continuer leur cavalcade et filer vers le Sud-Est marocain. La traversée de la frontière par l'Atlas écartant toute hypothétique et malencontreuse retrouvaille avec des douaniers.

En route vers « Alger la blanche » et bien agrippé derrière son sauveur, Mario ne cesse de penser à son destin. Ses interrogations intérieures étant plus fortes que lui, en tapant sur l'épaule d'Aurélien il lui fait signe de s'arrêter. Le Parisien s'exécute, ralentissant puis arrêtant sa machine sur les cimes algériennes de l'atlas.

— Qu'est-ce que c'est beau ! commente Aurélien en descendant de la moto.

— Qu'est-ce que c'est grand aussi, je viens de comprendre pourquoi on appelle une carte du monde un Atlas, continue Mario.

— Cela n'a rien avoir, Atlas est un dieu grec, mais ta réflexion est intéressante, coupe le Parisien sur un ton ironique.

— Aurélien, dis-moi comment fonctionne la vie ? demande abruptement l'espagnol.

— Je reprendrai bien ton expression : « Venir sur l'Atlas pour entendre des questions pareilles ! »

— J'ai pourtant l'impression que tu l'as mieux compris que moi.

— C'est surtout que je me pose moins de questions ! J'étais comme toi jusqu'à ce que je trouve La réponse.

— Et c'est quoi La réponse ?

— Reformule-moi ta question.

— Quel est le mode d'emploi de la vie ?

— Il se résume en une seule et unique phrase : « Fais de ton mieux et fais le bien », répondit Aurélien.

169

— Alors je n'y comprends plus rien ! Commençons par le « fais de ton mieux », que veux-tu dire par là ?

— Tu te souviens de ma philosophie ?

— *Aide-toi le ciel t'aidera ?*

— Bien joué Mario ! C'est cela même *aide-toi le ciel t'aidera* : Fais tout ce que tu peux et le ciel t'aidera.

— Je pense que nous sommes relativement libres de notre avenir, et que nous avons les pleins pouvoirs pour mériter une meilleure existence. C'est ce que l'on appelle le libre arbitre. Il ne tient donc qu'à nous, de travailler dur pour notre quête du bonheur.

— Et le « fais le bien » cela va dire bien faire ou faire le bien ? demanda Mario.

— En fait les deux ! Si tu veux être heureux, fais tout ce que tu peux pour rendre heureux les autres. C'est un effet boumerang : si tu es bon, la vie te le rendra et tu seras heureux.

— Donc si tu fais le mal, on te rend le mal ?

— La réciproque est vraie.

— Je ne pense pas avoir fait le mal, par contre je n'ai pas souvent connu le bonheur.

— Pourquoi en es-tu si sûr ?

— Parce que depuis mon passage dans la maison de correction, j'ai toujours fait en sorte de ne nuire à personne.

— Ce n'est peut-être pas suffisant. Il ne faut pas se contenter de ne « rien faire de mal » il faut aussi aller « chercher le bien ».

— Crois-tu donc que je mérite mon sort ? demanda Mario.

— Je crois que la vie ne t'a pas fait de cadeau, mais je crois aussi que t'es trop regardé et trop plaint…

— Comment cela ?

— Cela commence par ne parler que de toi et de tes problèmes. Depuis que nous nous connaissons as-tu cherché à savoir qui j'étais ?

170

— Oui en t'observant. Mais je le reconnais, pas en te le demandant.

— As-tu pensé à moi ? Au tort que tu me causes et au pétrin dans lequel tu me mets ?

— Non, je l'admets.

— Voilà ! On pense parfois que son comportement est irréprochable alors que… la vie est une constante remise en question. On ne peut jamais se reposer, rien n'est jamais acquis. Il faut toujours essayer de « s'améliorer » et de devenir une « meilleure personne ».

— On est tous condamné à être bon, si on veut être heureux alors ?

— Gagné ! Répondit Aurélien.

— Ton explication est simple, je commence à comprendre et je crois aussi que tu as raison, mais j'ai une question subsidiaire transcendantale.

— Je t'écoute, répondit Aurélien.

— Comment expliques-tu qu'un enfant puisse naître avec une malformation et souffre toute sa vie. Lui a-t-on donné le temps d'être jugé ? Qu'a-t-il fait de si mal pour autant souffrir ?

— *Dieu écrit droit avec des lignes courbes…* il y a des questions qui restent en suspens. Cela dit, crois-tu que cet enfant sera plus malheureux que toi, même s'il souffre physiquement ?

— Plus malheureux que moi en ce moment c'est bien dur.

— Et pourtant tu es né en bonne santé. C'est bien souvent la souffrance morale la plus dure à supporter…

— Aurélien crois-tu vraiment que toutes les personnes malheureuses le sont parce qu'elles l'ont mérité ?

— Bien sûr que non. Il y a aussi des injustices sur terre, ces *fameuses lignes courbes…*Mais plutôt que de parler de fatalité, je préfère parler de réincarnation.

— Alors là Aurélien tu me scies ! Tu me coupes en deux par tes réflexions ! Qu'est-ce que la réincarnation vient faire ici ?

— De nombreuses « injustices » trouvent leurs explications dans la réincarnation. Si tu as été malheureux dans une vie et que tu ne l'as pas mérité, tu seras heureux dans une prochaine vie, c'est un peu comme si Dieu te devait quelque chose.

— Tu es Catholique ou Hindouiste ?

— Je crois en Dieu tout simplement qu'on l'appelle Allah, God ou Dios.

— Pour prendre un exemple : si je suis malheureux toute ma vie alors que je suis un saint, dans ma prochaine vie je serai le plus heureux parce que Dieu me le doit et il me le rendra ? demanda Mario.

— Normalement oui. Mais dans ton exemple la question ne se pose jamais : une personne faisant le bien, ne peut jamais être malheureuse. « Faire le bien » rend heureux, c'est même le plus grand bonheur de la vie.

— Tu m'épates ! S'exclama Mario.

— Oui mais des Panzani.

— Quoi ?

— Ce n'est rien, juste une référence à une publicité pour détendre l'atmosphère, notre conversation devenant effectivement Tran-scen-dan-tale ! Tu sais Mario, l'humour c'est ma thérapie pour prendre du recul.

— L'humour, j'en ai manqué dans mon enfance…

— En parlant d'enfance, j'ai quand même mis du temps à comprendre le sens de la vie. Mais une fois compris ma vie a changé. Maintenant je ne me plains plus. S'il m'arrive un malheur, j'essaye de comprendre pourquoi il m'arrive, et quelle leçon je peux en tirer.

— Me rencontrer c'est un malheur pour toi ?

— Non, ce n'est pas un malheur, c'est juste une étape nécessaire dans ma vie.

— Crois-tu que tu te sois mis sur mon chemin pour que je comprenne tout cela ?

— Je ne peux pas encore te répondre, je ne te connais pas assez. Mais ce que je sais c'est que j'apprends beaucoup avec toi. Toutes ces réflexions je les gardais au plus profond de ma pensée, et aujourd'hui j'en parle pour la première fois : ça fait du bien !

— Alors peut-être que pour toi aussi, si je me suis mis sur ton chemin ce n'est pas hasard, dit Mario, remontant sur la moto le visage apaisé comme quelqu'un qui vient de trouver une pièce fondamentale à son puzzle.

Après une nouvelle étape culinaire dans l'oasis de Beni Abbès, les deux aventuriers reprennent leur route vers le nord, avec l'espoir de rallier Alger sans plus tarder. Le désert est un océan d'inconnus et ses dangers sont légendaires. Aurélien, confiant pleinement en son Saint-Christophe d'ange gardien, roule à vive allure sur le sable africain. Les dunes s'enchaînent sur leur chemin comme des vagues tombant sur le rivage. Le désert parait infini, ses bosses de sable sont éternelles.

Presque infini, sûrement éternel mais pas inhabité : le Sahara regorge de pensionnaires qui ont su dompter sa nature inhospitalière. Parmi eux les fennecs, ces si étranges renards des sables aux grandes oreilles. Qu'il y a-t-il de commun entre Aurélien accroché à son guidon, et un fennec affamé attiré par le bruit de ces chevaux vapeurs ? La roue avant de la moto jaune…

Aurélien ne put freiner. Le poids du passager conjugué à l'allure frénétique de l'engin, engendrent le vol plané du conducteur. Cette pirouette, digne d'une vidéo gag pourrait faire sourire : collision entre un Fennec du désert et un motard des sables. Le fennec s'en sort indemne, avec l'une des plus grosses frayeurs de sa vie. La prochaine fois qu'il entendra un bruit de moteur, il restera sagement dans son terrier.

Aurélien lui ne se relève pas.

Le visage dans le sable, les genoux contorsionnés à hauteur des hanches et un inutile casque à quelques mètres de là, Aurélien vient de perdre connaissance. Mario, épargné physiquement par le choc, devient paniqué par la situation. Tapotant sur les joues insensibles de son pilote, il devine qu'il en faudra plus pour déclencher le réveil d'Aurélien. Mais comment faire lorsque l'on se trouve au milieu du désert, et sans moyen de locomotion, puisque la moto jaune eut moins de chance que le fennec et n'a pas survécu à la pirouette.

Mario parlait du fardeau qu'il supportait depuis sa naissance. Ce n'est plus un fardeau qu'il va porter, mais bien le corps inanimé d'Aurélien. Il y a sur sa carte un village berbère situé à 30 kilomètres. Pour que son compagnon s'en sorte, il n'y a d'autre issue que de rallier ce village, afin d'y trouver un rapide moyen de transport vers un hôpital. Aurélien ne pèse pas beaucoup, mais transporter 65 kilogrammes à bout de bras, sous une chaleur accablante et les pieds dans le sable, c'est digne d'un calvaire.

Mario va payer une très large partie de son karma accomplissant l'exploit d'atteindre le village en une demi-journée. C'est à bout de force qu'il fait son entrée dans la première tente berbère.

— Votre aide s'il vous plaît, je vous en supplie, cet homme est en danger, dit à demi-voix l'espagnol, laissant tomber Aurélien sur le tapis, et s'écroulant lui aussi de fatigue dans les bras d'un saharien.

Voici donc en plein milieu du désert, encerclé par une troupe de curieux, deux Européens gisant sur le tapis d'une tente Berbère.

Les femmes de la tribu prenant les choses en mains, Mario déshydraté par son périple, est réanimé à base de thé à la menthe. La première vision embrumée du Madrilène retrouvant connaissance, n'est ni plus ni moins que le visage masqué d'une Musulmane.

Mario croit avoir affaire à un fantôme, un fantôme du désert peut-être même un fantôme de l'au-delà. Le doux son de voix de cette femme aussi mystérieuse que fascinante, le rappelle à la réalité. Et la réalité de Mario en cette après-midi c'est la survie de son sauveur, Aurélien. Il faut faire au plus vite pour l'acheminer vers un hôpital et le sortir d'un sommeil qui prend des allures de coma.

L'espagnol à nouveau rétabli, doit aussitôt négocier un moyen de transport. Pour joindre la ville de Sidi bel Abbès, on lui propose deux options :

1. Le chameau
2. La Peugeot (que l'on prononce « pigeot » en Afrique Nord)

La solution la plus rapide est évidente, mais elle n'est pas forcement la plus fiable. Qu'importe Mario prend le risque et embarque sur le siège arrière d'une 504 blanche, presque aussi âgée que son numéro de série.

La tête inanimée d'Aurélien sur ses genoux, l'Espagnol s'invente une prière. Cette scène dramatique en rappelle une autre : celle de la Pedriza, cette montagne où il était venu passer des vacances avec sa mère et où ses mains se transformèrent en brasier. La vie est un éternel recommencement songe-t-il. Mais cette fois-ci c'est lui qui a le rôle de sa mère. La Pigeot a bien supporté la double centaine de kilomètres qui séparait le village Berbère de la ville de Sidi bel Abbès. Pendant que Mario négocie le prix de la course, Aurélien est admis aux urgences de l'hôpital Jacques Caballero, du nom d'un ancien maire d'Alger.

Mario n'aura pas trop eu à négocier, les Algériens n'ont rien à envier à leurs voisins Marocains, quand il s'agit de générosité.

« Traumatisme crânien, fracture du lobe frontal, léger coma », diagnostique le chirurgien qui s'apprête à opérer le Parisien, pour qui les derniers souvenirs remontent à un fennec traversant le désert pour aller se jeter sous sa roue…

Pendant que son ami passe sur le billard, Mario pense en faisant les cent pas dans les couloirs de l'hôpital. Le Madrilène est devenu rationnel. Rien n'arrive par hasard, tout événement a une explication, mais comment expliquer la chute d'Aurélien ? Comment expliquer que dans le plus grand désert du monde, on puisse rentrer en collision avec un animal en voie de disparition !
Trop de coïncidences, mais aussi trop de mystères.
Aurélien a mal, Aurélien souffre, Aurélien paye un karma. Mais qu'a-t-il donc fait pour mériter cela ? Depuis que je le connais, je n'ai vu dans ses yeux que de la bonté. Payerait-il une erreur de son passé ou à moins que l'on soit en train d'écrire l'une de ces fameuses *lignes courbes*… Mario aimerait tellement que son compagnon se réveille, pour l'aider dans sa réflexion, pour lui montrer le chemin, pour le guider à nouveau vers la vérité.

Le renégat pourtant libre est devenu un esclave dépendant de la lumière de son sauveur. C'est alors que Mario se remémore les questions aux allures de reproche que lui avait adressé le Parisien :
— As-tu pensé à moi ? Au tort que tu me causes et au pétrin dans lequel tu me mets ?
Le Madrilène vient à nouveau de répéter son péché : s'il souhaite que son mentor se réveille, ce n'est pas pour sa santé, mais bien pour qu'il l'aide à solutionner ses propres

problèmes. Pas une seconde depuis que l'incident est arrivé, Mario n'a pensé que tout ce qui arrive à Aurélien, c'est bien à cause de lui.

« Il avait raison, je ne suis qu'un monstre d'égoïsme ! » chuchote rageusement l'ex-mousse en tapant du poing sur le mur de l'hôpital. « Mais le pire dans tout cela, c'est que j'ai mis un quart de siècle à m'en apercevoir », continua Mario en haussant le ton, ce qui déclencha la stupeur de l'infirmière venue à sa rencontre.

— Ça ne va pas ? demande cette femme vêtue de blanc.

— Ça va merci, je me fais juste beaucoup de soucis pour mon ami, répondit Mario dont les yeux embués trahissent indéniablement la douleur du moment, qu'il est en train de vivre.

L'infirmière elle aussi ne passait pas dans le couloir par hasard. Elle est venue annoncer la fin de l'opération d'Aurélien, et son passage dans la chambre de réveil.

« Qui dit réveil dit survie », pense avec une certaine « humeur noire », Mario accélérant le pas vers ladite chambre.

Sur la pointe des pieds observant à travers le hublot de la porte, le Madrilène s'inquiète de voir autant de blouses blanches au chevet de son sauveur. Pourquoi Aurélien met-il tant de temps à se réveiller ? Que s'est-il passé sur le tapis vert de la salle d'opération pour que le Parisien tarde autant à retrouver ses esprits ?

Ces questions hantent l'esprit de l'espagnol et le hanteront encore durant quelques heures, Aurélien prolongeant son séjour dans la chambre de réveil, comme hypnotisé par un profond sommeil.

Mario a beau se repasser un millier de fois l'accident dans sa tête, la traversée du fennec, la chute d'Aurélien, le casque à quelques mètres de là : aucun détail n'échappe à sa reconstitution virtuelle et il ne comprend toujours pas. La chute parait bénigne, la conséquence l'est beaucoup moins. Le supplice de l'Espagnol s'acheva lorsque hibertanus-Aurélien rouvrit les yeux une demi-journée plus tard.

— Mais où étais-tu ? demanda Mario les yeux à nouveau humides par l'émotion du moment.

— *I have a dream today*...

— Je répète ma question : où étais-tu Martin Luther-King?

— J'ai rêvé que je parlais devant un auditoire d'un millier de personnes.

— Il y avait-il un fennec parmi cet auditoire ?

Aurélien toujours couché sur son lit d'hôpital le regard pointé vers le plafond, les yeux aussi brillants qu'illuminés, ignora la question de Mario.

— C'est ton sens de l'humour qui commence à déteindre sur moi. Tu ne te souviens pas du petit accident que l'on a eu en plein milieu du désert ? demanda l'Espagnol.

— Il y avait beaucoup plus qu'un millier de personnes. Un million certainement. J'étais là m'adressant à ce public tel un président à ses électeurs. Je leur parlais avec force et conviction, c'était bien, c'était beau !

— D'accord oublie le fennec, tu te souviens de moi quand même ? Le fugitif qui t'a fait prendre des risques ?

— Je leur disais de ne jamais se révolter, de ne jamais se faire justice soi-même, et de toujours avoir confiance en l'avenir pour retrouver ce dont on a parfois eu l'impression d'être volé. À mes côtés tu étais là, telle une preuve vivante de ma théorie.

— Ouf j'ai eu peur que tu me dénigres ! Continue ton délire ça m'intéresse, s'exclama Mario soulagé.

— Je leur parlais de mes expériences, de la difficulté de maintenir le cap avec toutes les tentations, *si jeunesse savait, si vieillesse pouvait.*

— Alors là je suis complètement perdu !

— C'est normal tu es jeune.

— Ha génial te voilà de retour ! J'avais peur d'avoir à faire à un illuminé : bienvenu dans le monde réel, vous m'avez bien fait marcher Monsieur Marchand !

— Mais mon rêve était pourtant vrai, continua Aurélien dans un geste de douleur en se tournant vers Mario.

— C'était quoi ce rêve ? Tu étais un énième télévangéliste prêchant la bonne parole ? On l'a déjà fait avant toi ça, cet exercice de style est épuisé.

— Peut-être, mais cela ne me fera pas renoncer à mes convictions.

— Alors puisque tu crois si fort en ta théorie, pourquoi cet accident ?

— À ce jour je ne sais pas, mais un jour c'est sûr, je comprendrai pourquoi. Rien n'arrive au hasard, jamais rien.

— Quelle croyance ! J'apprends beaucoup avec toi, mais je crois que je n'arriverai jamais à avoir ta force, reprit un Mario résigné. Je suis beaucoup trop rancunier, dès que cela ne va pas, j'en veux à la terre entière !

— C'est bien là, l'épreuve de vie la plus difficile : avoir la patience d'affronter la douleur sans se révolter, dit Aurélien se retournant dans une nouvelle grimace de souffrance.

— Et toi tu n'es pas révolté par l'injustice d'être sur un lit d'hôpital, alors que tu viens de me sauver ?

— Mais révolter contre quoi ? Je suis en vie c'est bien là le principal. J'en suis même reconnaissant !

— Je persiste à penser que ta récompense pour m'avoir sauvé la vie n'est pas chère payée…

— Mais c'est toi qui m'as sauvé la vie ! J'imagine que je ne suis pas arrivé ici tout seul ? Qui m'a transporté jusqu'à l'hôpital ?

— Ton fardeau : Mario Santiago.

— Voilà ! Maintenant, j'ai compris. Il te fallait cet acte de bravoure pour laver ton passé. Tu l'as fait, signe que tu es bien guéri !

— Je suis peut-être guéri, mais toi tu te retrouves sur un lit d'hôpital par ma faute.

— Maintenant que je suis devenu sage je paye sans doute un reliquat de péché de jeunesse… répondit Aurélien.

— Tu parles comme le « Jedi » de la Guerre des étoiles !

— Mais c'est pour te faire rire ! Cela dit, j'y crois tout de même un petit peu…

— Tu t'es sacrifié pour me sauver, tu viens de te réveiller d'une opération, tu n'arrêtes pas de grimacer de douleur et tu essayes encore de me faire rire : mais tu es un Saint Aurélien !

— Si tu voyais mon historique, tu devinerais que j'ai encore beaucoup de reliquats de péchés d'enfance. Je crois simplement que notre rencontre était inévitable, pour que je mette en pratique mes théories, et pour que je te remette sur le droit chemin.

— Une vraie destinée alors !

— Oui c'est bien cela Mario, une vraie destinée.

— Et maintenant qu'est-ce qu'on fait ?

— On va aller en Espagne.

— Ça peut être drôle, c'est le seul endroit où je suis sûr de passer incognito, et de ne pas jouer à cache-cache avec la police ! dit ironiquement le fuyard.

— C'est justement pour ça qu'on y va : pour tout leur raconter.

— Et tu crois qu'ils vont nous croire ? demanda Mario.

— Oui ils vont nous croire, ils vont TOUS y croire et cela parce que tu le mérites !

— Je ne te comprends plus ?

— Tu as changé depuis que nous nous connaissons. Tu as compris le sens de la vie et tu as fait un acte de bravoure en sauvant ma peau. Si ma théorie fonctionne, cela veut dire que tu as enfin payé de ton karma. Tu peux être confiant en ton futur !

— Mon futur en Espagne, cela peut être quelques jours de prison.

— Si ce que tu m'as raconté est vrai, si tu es vraiment innocent et que c'est bien le second du commandant qui est coupable, ta bonne étoile fera le reste, crois-moi…

— Et si ta théorie ne fonctionne pas, je vais en prendre pour combien ?

— Si elle ne fonctionne alors on est tous condamné ! *Et pourtant elle tourne…* Tu me fais confiance, tu es prêt à prendre le risque ?

— Oui mon capitaine.

— Préviens l'infirmière ma tête va beaucoup mieux, on part dans dix minutes ! Termina Aurélien sortant de son lit le corps courbaturé mais l'esprit plus vaillant que jamais.

Une autre pigeot 504 tout aussi vieille que la précédente, rapatria le duo franco-espagnol vers Alger.

Une fois la capitale atteinte, c'est à bord d'un vieux navire de guerre reconverti en ferry trans-Méditerranée, que les deux Européens gagnent les côtes espagnoles. Une longue et laborieuse attente sur les quais du port de Malaga, puis c'est le tête-à-tête tant attendu entre Mario, le fugitif ex-mousse, et un autre agent de douane, une fois n'étant pas coutume. Le tout arbitré par Aurélien, l'aventurier prêcheur.

Mario n'a qu'une carte à jouer : celle de l'innocence. Plus pratiquement, le Madrilène n'a qu'une carte d'identité périmée à montrer, puisque que ses vrais papiers furent confisqués aussitôt le faux délit commis. Carte ou pas, qu'importe, faisant confiance à son mentor, il est décidé à se jeter dans la gueule du loup.

Cette fois-ci, il n'a pas fallu longtemps à l'agent pour superposer le visage de Mario avec celui de la photo de sa liste des personnes recherchées. Au sympathique « suivez-moi », du douanier argumenté par une main posée sur son pistolet, Mario répondit sans une certaine ironie « je vous suis, avec plaisir même ». Aurélien s'invitant au trio, sans en demander la permission.

Dans le minuscule bureau du chef de la police portuaire et entouré de deux colosses, Mario retrouve sa langue natale pour un dantesque interrogatoire. Voler puis déserter la marine sont des crimes de lèse-majesté, lui signifie avec conviction le gradé bien au courant des faits d'armes de l'ex-mousse. Mais contrairement au Manurêva, où accablé par la nouvelle, Mario ne répondit que par un long silence en guise de plaidoyer, le Madrilène se défend corps et âme.

Il contre-attaque même en désignant le second comme coupable de la machination. Selon Mario, tout l'équipage peut en témoigner : la jalousie de l'officier pour le modeste deuxième classe, ayant les faveurs du commandant, crevait les yeux. Et comment fermer les yeux devant son insistance pour inspecter de fond en comble la cabine du mousse ? Oui mais voilà, la parole d'un deuxième classe contre celle d'un officier...

Les prières d'Aurélien, spectateur silencieux de ce procès à huit clos, ne seront pas exaucées. Le passionnant récit de Mario n'a pas convaincu le chef de police, qui se voit obligé d'appliquer sur-le-champ, l'ordre d'emprisonnement du première classe Santiago.

Aurélien a plus de chance. N'ayant aucun grief retenu contre lui, il est remis en liberté.

Dans la tête des deux jeunes hommes, c'est la consternation.

Mario, tête baissée, les poignets menottés, revoit le fil conducteur de sa vie se répéter inlassablement.
Pour Aurélien le choc est encore plus violent : non seulement toute sa philosophie de vie est remise en question, mais en plus il vient de renvoyer Mario en prison.
« Et pourtant j'en étais tellement convaincu » songe le Parisien prostré depuis plusieurs heures sur le quai du port, le visage triste tourné vers la mer. « Convaincu de son innocence, convaincu par ma théorie. Qu'est-ce qui n'a pas fonctionné ?
Même si Mario est coupable, il ne mérite peut-être pas d'aller en prison, puisque c'est un homme repenti. Il a reconnu ses torts, il a renié son passé et il est décidé à tout faire pour changer.

Oui mais voilà, la justice ne raisonne pas de cette façon. Notre société est ainsi faite qu'il faut passer par la case « châtiment » pour se rendre compte de ses torts.

Et si Mario est innocent ? Alors, il le mérite encore moins. À moins que ne soit écrite *une nouvelle ligne courbe*, l'une de ces lignes tant injustes envers la vie, l'une de ces lignes si difficile à lire...

Aurélien inconsolable se sent plus seul que jamais.
Quand tout à coup une main vient se poser sur son épaule. Sans même se retourner le Parisien en devine la provenance. Dans son esprit la fameuse courbe de sa dernière réflexion vient de se transformer en point de suspension.

À l'autre bout de la main, il y a le mousse Mario Santiago.
— Tu avais raison, dit l'Espagnol un sourire illuminant un visage jadis si sombre. Ta théorie fonctionne, j'en suis la preuve !
— Et pourtant...et pourtant je n'y croyais plus, répond le français une larme à l'œil.
— Il ne faut jamais abandonner même quand le sort s'acharne, surtout quand le sort s'acharne ! Ce n'est pas moi qui ai inventé cette phrase...
— Tu t'en souviens, c'est bien là le principal. Comme je suis fier de toi Mario.
— Et comme tu m'as changé Aurélien ! Tu veux quand même savoir ce qui s'est passé depuis l'interrogatoire ?
— J'espère seulement que tu ne t'es pas une nouvelle fois évadé...
— Un véritable miracle vient de se produire. À peine installé dans la cellule du port militaire, qu'on m'en déloge immédiatement pour m'emmener dans la capitainerie. Surprise j'y retrouve une vieille connaissance, le capitaine du Manurêva, venant juste

d'appareiller à Malaga. Il m'informe aussitôt de l'aveu de son second. Apparemment l'officier s'est repenti en pensant au mal qu'il venait de faire, en songeant au tort qu'il avait pu me causer. Comme pas magie, comme par miracle, comme si lui aussi avait compris ta Théorie.

— Mais c'est le miracle de la vie Mario.

— Aurélien je veux que tu saches qu'aujourd'hui, je ne suis pas simplement libre, je suis avant tout heureux. Heureux d'avoir enfin compris le sens de mon existence. Et cette découverte, je te la dois.

— Et moi je suis content, parce que je viens de gagner un ami.

— Au fait il y a quand même une question que je voudrai te poser.

— Je t'écoute Mario.

— Ce n'était pas un peu risqué de vérifier une théorie en y jouant ma liberté ?

— Oui c'était risqué, mais il faut savoir prendre des risques quand ils en valent la peine. *N'ayez pas peur*, si tu crois profondément en quelque chose, personne ne t'arrêtera.

— Imagine simplement que je t'ai menti sur l'histoire du second, tu m'aurais renvoyé en prison après m'avoir sauvé.

— Si tu m'avais menti et bien la prison tu l'aurais mérité !

— Mais toi tu n'aurais jamais su la vérité ?

— Je m'en serais douté. Je savais de toute façon que tu ne mentais pas. Je l'ai su dès que j'ai entendu cette petite voix me disant « aide cet homme… regarde-le avec ton cœur ».

— « Aide cet homme » et pourquoi ?

— Parce qu'il le mérite.

— Et tu crois que je le méritais ? dit Mario.

— Je crois que ce que tu mérites c'est une nouvelle vie, faite de bonheur et de joie, parce que tu as enfin compris le sens de la vie.

— Si ma bonne étoile pouvait t'entendre…

— Elle t'entendra si tu continues à aller vers le droit chemin, fais-moi confiance, ne te relâche jamais, n'oublie pas : rien n'est jamais acquis !

— À part notre amitié j'espère ?

— Oui Mario, à part notre amitié bien sûr.

Il y a quelque temps de cela, Louis Armstrong délaissait sa trompette pour chanter d'une voix chaude et rauque :

« Je vois des cieux bleus et des nuages blancs,
La lumière du jour béni, l'obscurité de la nuit sacrée,
Et je me dis : quel monde merveilleux ! »

Remerciements

À mes parents,
À Carmen
À mes enfants Jon et Clara.
À tous les copains.
À l'Espagne pour son accueil.
À la Provence de mon enfance.

Soyez heureux, soyez dans l'amour…il n'y a que ça de vrai dans la vie.

Nous ne sommes faits que pour aimer !

Du même auteur

Bienvenue chez les Gaulois

Essai socio-historico-humoristique pour mieux comprendre les Français

Gaspard Chevallier

189

Bienvenue chez les Ibériques

*L'Espagne dans tous ses états,
sous la plume amusée d'un Français expatrié*

Gaspard Chevallier

J'ai créé et développé une entreprise

Conseils pratiques

Gaspard Chevallier

La couverture de ce livre a été réalisée par le talentueux graphiste Ayemane bdr.

Printed in France by Amazon
Brétigny-sur-Orge, FR

10309762R10113